KUST
PRESS

Анри Мороз

Смертельный гольф

KUST PRESS
2025

«Смертельный гольф» — захватывающий детектив о правде, которая всегда находит дорогу, даже в самых закрытых местах. За расследование исчезновения жительницы элитного португальского поселка берется инспектор Паула. На фоне роскоши и видимого спокойствия скрываются тайны: семейные драмы, интриги и криминальные схемы. Вместе с загадочным Димитрио она погружается в опасный мир, где каждый шаг может привести к неожиданным открытиям.

ISBN 978-9939-9337-3-3

Пропажа в раю

1

Рассеченная губа Элены портила ее красивый чувственный рот. Да и припухшая щека тоже не добавляла очарования этой статной молодой смуглой женщине. Она сидела на стареньком диване, укрытом выцветшим вязаным покрывалом, и плакала. К ее коленям жались испуганные близнецы — мальчик и девочка.

На вопрос инспектора Паулы, где ее муж, она молча кивнула на дверь в туалет. Паула подтянула ремень и на всякий случай приготовила наручники. Переглянувшись с напарником, она ногой вышибла дверь. Маленькая старая щеколда, звеня и подпрыгивая, покатилась по кафельному полу. И остановилась, уткнувшись в спущенные штаны хозяина квартиры. Он сидел на унитазе, привалившись правым плечом к сероватой, давно не крашенной стене. Худые руки висели веревками. На оливковый морщинистый лоб упала курчавая прядь нечистых волос. Пустой шприц валялся на полу. Паула прижала палец к сонной артерии. Наручники были не нужны.

«Хм, старый наркоман и при жизни не был красавцем. И смерть, обняв его крылами, не добавила ему очарования», — подумалось ей.

2

Весна в Португалию в этом году пришла рано. Свежая листва, распускающиеся цветы, веселый гомон птиц — все говорило, что зима миновала. Дожди и сырость отступили, и радостные лица прохожих были тому подтверждением. Вообще-то, для португальцев на их родине всего два сезона. Один — красного вина и мяса. Другой — белого под рыбу. Сейчас, похоже, пора было переходить на белое.

Паула и Игнасио с удовольствием пили кофе на ярком и теплом февральском солнце. Несмотря на утренний инцидент, день обещал быть неплохим. Да и Элене без ее мужа-наркомана станет только лучше. Она умная и активная молодая женщина. На хорошем счету в местном барбекю-ресторане — чурраскарии. Как-нибудь продержится. Если что, ее большая семья поможет. А вот ежемесячно брать у нее показания по части побоев было неприятно. Паула, отслужившая в подразделении коммандос, иногда хотела лично, своими руками, решить проблему Элены. Раз и навсегда. Но проблема решилась сама собой.

В округе Белаш, входящем в Большой Лиссабон, побои, мелкие кражи и наркотики — обычное дело.

Вполне понятное тем, кого сюда занесло. Смуглый, желтый и совсем темный оттенок кожи никого не смущает. Белаш — веселый разноцветный муравейник на краю большого города. Жители его днем вкалывают в Лиссабоне, а вечерами тусят в Белаше, в бесчисленных кафе и ресторанчиках бразильской, ангольской и китайской кухни.

Пауле всегда нравился этот городок. Хоть и невысокий уровень жизни, зато место простое и понятное — добрые люди, неплохие школы и гостеприимные магазинчики. Если нужно, через полчаса можешь быть или в центре столицы, или в аэропорту.

Аромат крепкого ангольского кофе и терпкая сигарета заставили Паулу зажмуриться от удовольствия. Как правильно она сделала, что не продлила контракт в армии и пошла в полицию. И теперь может каждый день помогать людям. И начальник не только командует, но и готов слушать ее мнение. Благодаря своей ответственности и смекалке, она в своем маленьком отделении дослужилась до инспектора. И теперь не только патрулировала улицы, но и расследовала преступления.

Размышления прервало сообщение от начальника: «Дуй в офис. Срочно».

Паула вздохнула, попросила счет и села в машину. Там ее уже ждал Игнасио, на ходу доедая свой паштел-де-ната. Он очень любил эти чашечки из слоеного теста с заварным кремом.

3

Отделение, тесное, старое, шумное, жило обычной жизнью: телефонные звонки, протоколы, перекуры. Посадив Игнасио писать отчет о происшествии в семье Элены, Паула зашла в кабинет шефа.

Сеньор Альваро сидел за заваленным бумагами письменным столом и курил. Прямо в кабинете, что, естественно, было запрещено. Белый дымок вился и пропадал в его седой шевелюре. Дежурно спросив об утреннем вызове, он перешел к делу.

— Знаешь в нашем округе закрытый поселок «Белаш Клуб и Гольф»? Конечно, знаешь. Мы туда обычно не суемся — там своя частная охрана — да и происшествий не бывает. В последний раз, насколько помню, вызывали по поводу сбежавшей собаки, которая, к слову, стоила мою месячную зарплату. — Он хмыкнул, отпил из пластикового стаканчика остывший кофе, поморщился и продолжил:

— Так вот, в этом скучном месте, перенаселенном миллионерами, пропала женщина. Думаю, просто сбежала от старого занудного мужа. Но есть заявление. А раз так, мы должны реагировать. Начальник службы безопасности этой деревни мой старый приятель. Тоже, кстати, из бывших коммандос, только званием повыше тебя. Съезди туда. Я его предупредил. Опроси его, осмотрись. И будем ждать, пока эта бабенка вернется домой. Ясно? Действуй!

— Стоп! Вот что еще! Прими к сведению. Во время встречи постарайся не устроиться к нему на работу или переспать с ним. Он очень обаятельный старый черт. А у меня на тебя свои планы.

Паула кивнула и вышла. К сальным шуткам босса она уже привыкла. И они ее не трогали. За фасадом стареющего альфа-самца пряталось большое сердце. Переживающее за всех: город, участок, сотрудников, жителей. А вот снобы из «Белаш Клуба и Гольфа», их дорогущие дома, их нагло ревущие неприлично большие машины ей, девочке из простого народа, были неприятны.

— Похоже, день все же не задался, — решила она. Завела свой старенький «Пежо» и стартанула по узким улочкам Белаша в сторону гольф-полей.

4

Въезду в «Белаш Клуб и Гольф» мешал шлагбаум. Сидящий рядом в будке охранник в фирменной робе весьма оперативно срисовал ее номера. И, исполненный чувства долга, выскочил из будки, демонстрируя, что враг или даже полиция не пройдут мимо него.

— Вы к кому, офицер?

— У меня встреча с сеньором Гонсало ...

Охранник резво набрал начальника. И, получив инструкцию, сказал, что ее ждут на террасе ресторана в гольф-клубе, и объяснил, как проехать.

Паула кивнула и въехала на территорию. Над въездом красовался огромный плакат «Добро пожаловать в Рай!».

Она хмыкнула. Рай здесь, как и везде, оказался не для всех — ворота на засове и секьюрити на входе. Машина мягко катила по хорошим асфальтированным дорожкам поселка. Она петляла между строениями, иногда прижимаясь к гольф-полям. Скромное обаяние богатства сквозило во всем: в ухоженных цветах и зелени, широких дорогах и тротуарах, в современных малоэтажных домах и огромных виллах.

Из-за невысоких заборчиков вилл слышались музыка и смех. Птичье разноголосие довершало идиллию. Территория была очень большой, и маленький «Пежо» Паулы преодолел расстояние от шлагбаума до гольф-клуба минут за десять. А конца деревни не было даже видно.

— Похоже, парковаться здесь — это отдельный квест, — усмехнулась Паула.

Столько дорогих машин в одном месте она никогда не видела. «Порше», «мерседесы», БМВ и «теслы» сверкающими рядами наполняли парковку. Казалось, весь зажиточный Лиссабон бросил дела и отправился в будний день играть в гольф.

Паула малость покрутилась на стоянке и нашла место метрах в пятидесяти от входа в ресторан. Терраса была симпатичной, с красивой натуральной плетеной мебелью и растениями в кадках, ухоженными и явно недешевыми. С нее открывался прекрасный вид на гольф-поля. Несколько человек сидели за столиками. Кто-то ел, кто-то разговаривал и выпивал, а один даже энергично стучал пальцами по клавиатуре лэптопа.

Паула села в угол, так чтобы видеть всех. И заказала кофе. Ей не описали сеньора Гонсало, но она понимала: ее форма сразу привлечет его внимание. И не только его. Посетители тоже тихонько оглядывались на нее. Казалось, они даже заговорили на полтона ниже. Она внутренне улыбнулась и закурила сигарету.

Из-за угла здания стремительным шагом вышел интересный персонаж. Внутреннее чутье Паулы безошибочно угадало в нем начальника службы безопасности. Сеньор Гонсало был больше похож на мафиозо на пенсии, чем на бывшего спецназовца. Высокий короткостриженый мужчина с густой черной шевелюрой, пронизанной седыми нитями. Развевающееся бежевое пальто открывало широкую медвежью грудь, обтянутую сверкающей белизной рубахой.

Он влетел на террасу, с каждым поздоровался или перекинулся парой слов — и вот он уже у ее столика. Не ожидая приглашения, Гонсало сел и молча с минуту рассматривал Паулу. Наконец протянул ей ручищу и представился:

— Добрый день! Меня зовут Гонсало. Вы, я так понимаю, Паула. У вашего начальника с годами вкус не испортился, — улыбнулся он.

Пропустив его слова мимо ушей, Паула достала блокнот и ручку и сухо попросила ввести ее в курс дела.

— А можно для начала спросить Вас, сеньорита? — начал Госало.

Паула кивнула.

— Вы знаете, что здесь было раньше?

— Более или менее.

— Так я и думал. Раньше здесь не было ничего. То есть почти ничего. Никаких гольф-полей, богатых домов. И всей этой буйной растительности тоже не было. А были сельскохозяйственные земли одной богатой и знатной семьи. Которая поколениями сдавала наделы местным крестьянам, позволяла строить фермы и выгуливать стада. И стригла их доходы, так же как крестьяне стригли своих овец. Оставляя ровно столько, чтобы те не умерли с голоду. Так продолжалось, пока в нашу Богом забытую страну не заглянул Андре Лордан. Знаете, кто это?

— Нет.

— Известный международный предприниматель. Впрочем, нет. Сейчас очень, очень известный. А тогда просто заметный делец. Но совсем непростой.

И вот, глядя на Лиссабон и его окрестности, Андре смекнул: город будет разрастаться, поглощая маленькие соседние городки. И тогда этот недооцененный кусок земли через некоторое время станет сокровищем.

Лордан пришел к наследнику рода сеньору Альфонсо и предложил сделку. На невиданных в то время условиях.

Собственно, он и придумал эту концепцию.

— Какую?

— Гениальную. Сейчас расскажу.

Альфонсо никому не продает землю. Строить на ней может только семейная компания Лорданов. Но с каждых построенных десяти метров один она бесплатно отдает семье Альфонсо. То есть с десяти квартир или вилл каждая десятая бесплатно уходит владельцу земли.

Андре оказался провидцем. Довольно быстро под землю и проект он привлек солидные деньги инвесторов и банкиров. И не вложив ничего, кроме своего гения, времени и деловой хватки, стал миллионером.

В свою очередь, Альфонсо смекнул, что чем больше будет проект и больше земель под застройку, тем больше он получит. И стал потихоньку сгонять крестьян с земель, создавая невыносимые для них условия аренды и жизни.

Об этом тогда много писали, но деньги решили все. И теперь здесь вместо крестьян, коров и баранов стада бизнесменов, актеров и богатых прожигателей жизни.

— Кофе хотите? Или бокал вина? Время уже обеденное... — он вопросительно посмотрел на Паулу.

— Спасибо, при исполнении не пью, — отрезала она, — впрочем, от кофе не откажусь. Зачем Вы мне пересказываете эту историческую драму?

— А вот зачем, — задумчиво ответил Гонсало. — Я бы не тратил Ваше время, будь это просто временные семейные неурядицы. Но мое чутье подсказывает, что у нас ЧП. Поэтому Вы и должны знать немного больше, чем просто название этого поселка.

Сегодня мы нашли собаку Магдалены, ее шпица. Чистого, на поводке и в семи километрах отсюда — в Белаше. Вырваться он не мог — не тот размер и темперамент — и сам бы так далеко не ушел. Значит, с хозяйкой что-то случилось между нашей деревней и Белашем.

— Ее муж, Педро, в истерике. Хочет привлечь полицию Большого Лиссабона. А это значит, что спокойная жизнь толстосумов кончится. А заодно будет мигом развенчан прекрасный миф об этой клубной резиденции, как самом безопасном месте для жизни в Португалии.

— Я не могу этого позволить. И владельцы проекта тоже. Сейчас начинается продажа нового квартала. А это очень большие деньги. Негативная информация может ударить по старту продаж. Я попросил у Педро сорок восемь часов на поиски его жены своими силами и расследование силами местной полиции. То есть Вас. С Вашим начальством все договорено. Работаете в штатском здесь до получения результатов. Или пока все не вылезет наружу к журналистам.

— Ваш шеф подтвердит мои слова. А я и мои люди окажем полное содействие. Мы здесь всё и про всех знаем. Как будем действовать?

5

Он вопросительно посмотрел на Паулу. Паула молчала. Услышанное казалось дурацкой шуткой. К торговле наркотиками, семейному насилию и кражам она привыкла. К семейным изменам и расставаниям тоже. Но с реальной пропажей человека сталкивалась впервые. Да что там сталкивалась, она слышала о подобном происшествии в окрестностях впервые. Но есть заявление. И начальник приказал действовать. Значит, надо действовать.

— Сеньор, уделите мне больше времени и расскажите о жителях поселка. Потом допьем кофе. А дальше покажите мне, где обычно здесь гуляют с собаками. Особенно в направлении Белаша. Начнем с тех, кто здесь.

Гонсало кивнул.

— За моей спиной обедает пара в спортивной одежде. Он — совладелец коммерческого банка. Его собеседник — владелец шато, производитель вина из Алентежу.

Одинокий парень с лэптопом — вроде русский, писатель. Чуть дальше — семья из трех человек с собакой. Он — бывший футболист из Мадрида, его жена — модель, вроде бы полька. Кто внутри — не знаю. Сейчас загляну заказать кофе с закусками и расскажу. — Гонсало рывком поднялся и пошел к входу в ресторан.

Пока Паула задумчиво смотрела ему вслед, она почувствовала спиной прямой вызывающий взгляд. Его хотелось выдержать, не поворачивая голову. «Пусть хозяин дерзкого взгляда, кто бы он ни был, подождет. А потом я медленно обернусь. И окачу его ледяным презрением. Кстати, любопытно, кто это так меня разглядывает? Уж не модель ли? Теперь не спеша поворачиваем голову и...» Она уперлась глазами в писателя. Во всяком случае, так его обозначил Гонсало.

Ничего так себе мужичок. Смотрит на нее вызывающе прямо, не отводя взор, как бы слегка улыбаясь уголком рта. Волосы слегка вьются, теплый ветер играет русыми кудрями. Паула не привыкла, чтобы ее рассматривали вот так. То есть как вещь. Она была из тех женщин, что сами выбирают, кому улыбаться, а с кем спать. Патриархальное отношение мужчин было ей неприятно. Она и в армию в свое время пошла, чтобы доказать себе и семье, что ее место не на кухне в Богом забытом селе. Она навсегда запомнила безмолвное существование отца, безропотно позволявшего их жестокой матери психически уничтожать ее и сестру. И при этом считавшегося главой семьи.

6

— За что она ненавидит нас? — спрашивала заплаканная сестра.

— За то, что мы родились не мальчиками.

— Но так же решил Бог.

— Бог или нет... А только мы не можем делать всю тяжелую работу в поле и доме. А после — как вырастем — и вовсе уйдем из семьи. То есть от нее. От матери. И станем собственностью других мужчин и их семей.

И впрямь... Кормила она их плохо, прямо говоря, что не желает выкармливать кур для других. Называла уродинами, безжалостно подрывая веру в себя. Ругала дурами и не давала учиться в соседних городках, где школы были получше.

А потом было бегство. Паула ушла из дома. Сама решила свою судьбу. Обменяла отчий дом на свободу. Ее приютили дальние родственники. И никогда об этом не жалели. Она хорошо училась, помогала по дому. Росла сильной и упорной девчонкой. Крепкие ноги. Сильные руки. Тридцать приседаний. Сорок отжиманий. Упала — встала. Повторить. Черный хвост смоляных волос стянула, замотала. И бегом марш!

Смогла сама поступить в кадетский корпус. Учебу и жизнь там сахаром не назовешь. В памяти остались взлеты и падения, хорошее и плохое. Как-то ее пытались изнасиловать сверстники-курсанты. Не вышло. Одному она сломала нос. Другому влепила в яйца. Не сильно. Но чувствительно. И весело смеялась, когда один выл, заливаясь кровью, а другой все приседал, подергиваясь и малость подскакивая, обеими руками держа свои патриархальные ценности, которые не сумел защитить. К ее удивлению, остальные мальчишки стали ей после этого случая друзьями. Она сама — важной частью монолитного кадетского коллектива.

Это происшествие произвело на нее сильное впечатление. И сделало не только сильной, но и жестокой. Иногда излишне.

Однажды, уже в спецназе, она чуть не учинила самосуд над наркокурьерами, которых они взяли с грузом наркотиков на яхте. Она нашла там девочку лет четырнадцати, запертую в маленькой грузовой клетушке. Та сидела на матрасе под сильнейшим кайфом. Вся в синяках. Избитая. Исколотая. Искусанная. В драной ночнушке. В углу, рядом с алюминиевой миской с водой, валялись остатки трусов.

Девчушка забилась в угол своей конуры и тихо скулила. Чего ждала она от Паулы? Побоев? Издевательств? Очередного изнасилования? Иначе почему, казалось, еще больше испугалась, когда девушка в форме протянула ей флягу с водой...

Паула вышла на палубу. Взяла багор. И с ходу молча уложила ближайшего к ней бандита. Они стояли на коленях с руками, скованными за спиной. Не говоря ни слова, она начала избивать их на глазах ошарашенных коммандос.

Лейтенант в ужасе скрутил и оттащил ее. Но когда он и другие солдаты увидели ее находку, вся группа сплотилась вокруг Паулы и не сдала ее начальству. После армии, в полиции, она попала в непрерывный круговорот преступлений и насилия. Не все мужчины выдерживали этот груз. А она держалась. И вела дела и решала вопросы с мрачной решимостью. Пытаясь каждый день искоренить зло.

Так что мужики не вызывали в ней трепета. И не рождали влюбленности. Но порой ее к ним тянуло. И тяга эта была хоть и редкой, но почти звериной. Она просто брала их. И, получив физическое удовлетворение, бросала. Быстро и жестко. Иногда еще и психологически унижая, если была недовольна их возможностями. Благо язык у нее был хорошо подвешен. А в армии она освоила и специфический лексикон.

Подкладка рая

1

Не отводя взгляд, она встала и решительно подошла к столику незнакомца. Он, впрочем, не смутился. И форма оставила его тоже равнодушным. На столике рядом с лэптопом лежала пачка хороших английских сигарет.

— Угостите? — спросила она. — А то у меня кончились.

Он молча подвинул ей пачку. Она присела на стул, достала сигарету, задумчиво размяла в пальцах.

— Вы, говорят, писатель? Что пишете?

— Меня зовут Димитрио, — улыбнулся мужчина, — и мне, конечно, лестно, что Вы назвали меня писателем. Но так обычно говорят о тех, кто уже издавался. А я пока работаю над своим первым текстом. Это детектив, — добавил он.

— Как Вам «Клуб и Гольф»? — продолжала расспрос Паула ледяным служебным
голосом, надеясь поставить нахала в максимально некомфортное положение.

— Хорошее место, тихое, спокойное,
безопасное, — ответил он, глядя как бы
сквозь нее, — по крайней мере, я так думал до Вашего приезда. А вот теперь, видя, как Вы говорите с шефом охраны, делаете пометки в блокноте, приехали сюда
в форме, начинаю сомневаться, так ли
это. Все знают, что Гонсало представителей власти здесь не привечает и сам тихо решает проблемы. Значит, дело срочное
и важное. И его секьюрити не справляются. При этом никакой новости я не слышал. А они здесь разлетаются очень быстро.
Значит, дело еще и щепетильное. И касается напрямую жителей поселка. Я ничего
не упустил? Мне уже начинать волноваться насчет местной спокойной и безопасной
жизни?

— Какой Вы наблюдательный. — Паула прикурила и встала. — Если у меня будут вопросы, я Вас еще потревожу.

Она развернулась и демонстративно, не попрощавшись, пошла к своему столу.

2

Он смотрел на Паулу грустно, положив мордочку на передние лапки и изредка мигая. Рыжий симпатичный малыш в плетеной корзинке. Такой бы точно не смог вырваться и убежать за семь километров. Он точно что-то знал, но опросить его не было никаких шансов. Гонсало сидел на диване и твердил мантру о том, что делает все возможное и волноваться не надо.

Педро, муж пропавшей Магдалены, энергичным шагом ходил из конца в конец большого зала размером, наверное, со всю квартиру Паулы. Он совершенно не понимал, зачем надо опрашивать его, а не искать жену. Наконец Пауле это надоело. Она встала и решительно шагнула ему навстречу. Тот от неожиданности чуть было в нее не врезался и резко затормозил на расстоянии ладони от Паулы — глаза в глаза.

— Вы можете не уделять нам времени. А мы можем уйти прямо сейчас, — сказала она сухо и твердо, — но, если с Вашей женой что-то произошло, Вы будете подозреваемым номер один. Нам остаться или уйти?

Гонсало улыбнулся уголком рта. Педро с недовольным лицом сел в кресло. Презрительно посмотрев на нее, он начал отвечать на вопросы. Из его слегка путанного рассказа стало ясно, что с Магдаленой у них было не все гладко. Он проводил все время или в офисе, или в командировках. Чем она занималась в это время — он не знал. Да и не хотел знать. Они давно уже не были близки, но был ли у нее кто-то — он тоже не знал. Как не знал, в какое время и где она обычно гуляла. И вообще, они были на пути к разводу.

Пользы от него оказалось немного, поэтому, попрощавшись, Гонсало и Паула вышли из его роскошной квартиры и двинулись вероятным маршрутом пропавшей.

Было солнечно и тепло. Многочисленные жители гуляли с детьми и собаками, катили на велосипедах или совершали пробежку. Идеальная голливудская картинка — не хватает только титров, чтобы узнать фамилии режиссера и сценариста. Если бы не пропажа женщины средь белого дня. На вопрос, есть ли в поселке камеры наблюдения и где они расположены, начальник службы безопасности со знанием дела ответил, что неприкосновенность частной жизни жильцов для администрации — высший приоритет. Поэтому служебные камеры стоят только на въездах и выездах из поселка и на офисных и хозяйственных зданиях. Остальные принадлежат владельцам частной собственности, на которой они установлены. Он также добавил, что дал команду просмотреть записи. И если там увидят Магдалену, он сообщит.

Они прошли мимо кафе и спортзала, магазина и детской спортивной площадки и свернули на тропинку, тянувшуюся вдоль края гольф-полей и терявшуюся между холмов. Именно по этой тропике и можно дойти до Белаша, сообщил Гонсало.

Чем дальше они отходили от жилой части поселка, тем тише и безлюднее становилось кругом. Бегуны и прогуливающиеся попадались все реже. Кроны деревьев смыкались над тропинкой, и, несмотря на полдень, здесь было сумрачно. К тому же тропинка уходила между холмов вниз, и сами холмы и высокие деревья глушили свет и звуки. Ни шума машин, ни музыки или голосов людей не было слышно. Природа окружала их пением птиц, журчанием ручья, текущего рядом с тропой, и шорохом листьев от легкого дуновения ветра. Теплый пыльный воздух сменился лесной прохладой, напоенной ароматами мокрой листвы и весенней прели.

За одним из поворотов они увидели развалины старой фермы. Забор местами обвалился, крыши нет. Глубокие тени, паутина старых лиан, птицы, глядящие из пустых глазниц окон. «Возможно, это одно из тех бедных жилищ, которые крестьяне покидали, не имея возможности противиться землевладельцу», — подумала Паула. Она поделилась догадкой с Гонсало. Тот кивнул.

— Видите ли, коллега, площадь нашего земельного участка весьма обширна, и кое-где еще остались вот такие заброшенные фермы — излюбленные места молодых парочек и любителей красивых и атмосферных снимков.

Дорожка петляла. Пробковые дубы сменились эвкалиптами, а потом соснами. Ручей, вобрав в себя попутные родники, стал больше похож на речушку. Люди перестали встречаться вовсе.

Из задумчивого состояния Паулу вывела рука Гонсало, указавшего на что-то в листве на склоне холма. Она присмотрелась и увидела в тени деревьев большой старинный особняк, целый архитектурный ансамбль. Его строения террасами спускались с вершины к основанию холма. И упирались в огромный огороженный сад с апельсиновыми и лимонными деревьями, между которыми паслись несколько красивых и ухоженных лошадей с жеребятами.

— Это поместье сеньора Альфонсо, землевладельца. Если Вам будет нужно, я попробую договориться с ним о встрече.

— Сам он меня пока не очень интересует. А вот есть ли у него камеры, контролирующие периметр?

Гонсало кивнул и начал строчить кому-то сообщение в телефоне. Спустя десять минут они вышли на окраину Белаша. Весь путь занял около полутора часов неторопливым шагом.

На вопрос Паулы, проверяли ли его люди тропу и ее окрестности, Гонсало кивнул и добавил, что отправит людей еще, так как от дороги в разные стороны уходит много тропинок. Потом он вызвал машину и спросил, чем еще сможет быть полезен.

Она ответила, что на сегодня, наверное, все. Разве что подбросить до парковки, где она оставила свою машину. И еще сделать и скинуть ей простую справку о пропавшей и ее муже: с кем общались, с кем дружили, были ли конфликты.

Он пообещал сделать это сегодня же, и они помчались обратно в поселок.

3

— Спасибо, сеньор Гонсало. Думаю, мы скоро увидимся. А сейчас мне пора в участок — пробить по информационным базам пострадавшую, ее мужа и родственников. Написать промежуточный отчет и передать дела моему напарнику.

Ее внутренний голос мрачно нашептывал, что с Магдаленой, скорее всего, произошло что-то нехорошее. И что это нехорошее потребует больше времени и сил, чем планировал ее начальник.

Подбросив ее к машине и дежурно попрощавшись, Гонсало укатил по своим делам. Паула села в машину и завела ее, но для начала решила заехать в местный магазинчик купить воды. После полуторачасовой прогулки по пересеченной местности хотелось пить.

Не ангелы

1

Посетителей в магазине не было. Только кассир, и на стульчике рядом с ним — пожилая женщина с внимательными глазами и маленькой чихуахуа на руках.

— Здравствуйте, сеньорита! Что случилось? — неожиданно звонким голосом спросила она, хлопая накладными ресницами и с интересом глядя на Паулу. — Вы уже нашли Магдалену?

«Вот же старая перечница! Все-то ей надо знать! — подумала она. — Прав Димитрио: здесь любые новости скачут, как блохи, — от жильца к жильцу. Ну что ж, порасспросим. Глядишь, будет больше толка, чем от мужа Магдалены».

Паула представилась. И, улыбнувшись, протянула даме руку.

— А я Марта, деточка. То есть, простите, — офицер. Марта Винтуринья Гонсалвиш. Винтуринья — в честь матери. Хотя здесь все зовут меня Марта. Извините, что вмешиваюсь, но мы здесь все друг друга знаем и заботимся друг о друге. Да и тревожно как-то из-за этого исчезновения. Не каждый день здесь у нас такое случается.

Она снова пару раз энергично взмахнула накладными ресницами, продолжая одной сухой, очень ухоженной ручкой цепко держать ладонь Паулы, а другой поправляя свою сложную, отливающую сиреневым прическу.

— Поиски в процессе, сеньора Гонсалвиш, — сказала Паула официальным, но теплым и дружелюбным тоном.

— Вы не стесняйтесь, милочка! Простите — офицер. Я так беспокоюсь, так беспокоюсь, что с радостью подскажу вам что-нибудь. А то, знаете, как-то волнительно. Ведь человек исчез...

— Большое спасибо, сеньора, — сказала Паула, любезно улыбаясь. — Чудно, что мы встретились! Я, видите ли, хотела было расспросить обо всем мужа Магдалены, но он оказался не слишком разговорчив. Быть может, Вы расскажете мне что-нибудь об их жизни и жизни поселка? Знаете, соседи бывают очень внимательны друг к другу.

— А как же! — Видно было, что матерая сплетница очутилась, что называется, в своей тарелке. Она встрепенулась и, просветлев лицом, с явным удовольствием затараторила:

— Меня, кстати, зовут — Вы помните — Марта Винтуринья, и я хозяйка этого магазина. Уже двадцать лет! — Она гордо подбоченилась. — И могу Вам сказать — да-да! — знаю обо всех здесь побольше, чем этот сеньор Гонсало. Наш шеф охраны. Он, конечно, парень не промах. И мужчина видный. Но мог бы быть и полюбопытней. А я... я Вам вот что скажу... Бедняжка Магдалена! Она была так несчастлива со своим мужем.

— Ну почему же — была? — участливо спросила Паула. — Пока следствие ничего не может сказать наверняка. Я бы не спешила говорить о ней в прошедшем времени...

Дама сделала паузу. И посмотрела на нее внимательным и испытующим взглядом. Но, не увидев реакции, всплеснула руками и продолжила:

— Конечно-конечно. Простите. Как было бы прекрасно, если бы Магдалена нашлась живой и здоровой! Мы все были бы счастливы. Может, кроме Педро. Он женат только на своей работе, а не на ней! Но и она тоже хороша! Сильно не унывала и меняла любовников как перчатки. Какой стыд! Все знали про это. Ну кроме ее мужа! — Она с явным удовольствием хихикнула и, не переводя дух, продолжила:

— Так вот, мы все сначала за нее радовались, когда она закрутила роман с сеньором Родриго — ну с нашим старым застройщиком. Он такой импозантный, богатый, вдовец. Ну вот мы и радовались за бедняжку. Что у нее запасной вариант появился.

— Причем, скажу я Вам, серьезный вариант! Очень серьезный! Уж Вы мне поверьте! А она возьми и начни встречаться с сеньором Хуаном. Ну он, конечно, помоложе, но и победнее, просто директор строительной компании. А еще испанец! — И она весомо покачала головой, показывая всем своим видом, что не одобряет любовные связи с испанцами.

— А ее мужу лучше надо было за женой смотреть и не крутить дела с этими бандюгами из Бразилии! — Она победно замолчала, лучась счастливой улыбкой человека, которого спасли с необитаемого острова и дали выговориться впервые за много лет.

Паула, благосклонно кивая, заинтересованно смотрела на этого яркого представителя женской половины рода человеческого, хотя прекрасно знала, что и среди мужиков сплетники, конечно, не редкость.

— Спасибо за информацию, дорогая сеньора. Может Вы меня навестите в участке? И я зафиксирую Ваши показания?

— Какие показания, милая? Ах, простите — офицер. Не знаю я никаких показаний. Да и передвигаюсь с трудом. А подписывать ничего сроду не любила. Вы, если про кого-то надо узнать, просто приходите ко мне и спрашивайте. Да и прикупить что-нибудь не забудьте. — И старуха, кокетливо улыбаясь, снова поправила свою сложную прическу.

2

Старенький принтер натужно гудел, распечатывая страницу за страницей заказанные справки о Магдалене и Педро. Полицейский участок опустел, и, кроме Паулы, в углу сидел только дежурный сержант и что-то читал в телефоне. Сеньор Альваро согласовал передачу ее текущих дел и разрешил вести расследование в штатском, как просил Гонсало. Она перебирала справки в круге желтого света маленькой настольной лампы. Рядом, на стопке бумаг, лежал недоеденный сэндвич — весь ее ужин на сегодня. Но она не обращала на него внимания, все яснее понимая, что чем больше она читает, тем явственнее что-то важное ускользает от нее.

Паула вновь и вновь просматривала страницы. На первый взгляд семья как семья. Пятнадцать лет брака, детей нет, судимостей нет, долгов нет. Отсутствие детей не удивляло. Оно становилось нормой даже в ее патриархальной стране. А вот отсутствие кредитов и долгов было делом необычным. В последнее время даже самые богатые люди старались жить в кредит. А вот Педро нет. Если Магдалена не работала, то у Педро были небольшие поступления из его личной компании, судя по налоговым отчетам. Но таких поступлений не хватило бы на такую жизнь в шикарном поселке, в такой дорогой квартире.

Паула написала Гонсало сообщение с просьбой предоставить все номера машин и пропуска на въезд в поселок, которые заказывал Педро за последние три месяца. Потом написала запрос в налоговую и таможенную службы с просьбой предоставить всю информацию по оборотам и видам деятельности его компании.

Добравшись до своей маленькой квартирки, она налила себе стакан вина и разогрела позабытый сэндвич. Натянула свой любимый, хоть и изъеденный молью, старый свитер с высоким горлом. И устроилась на маленьком балкончике с видом на подсвеченный замок Пена на высоком холме Синтры. Мысли медленно летели вдаль вместе с высокими облаками на звездном небе. Нарождающаяся луна серебрила силуэты старого городка, который тихо дышал в своем сне, изредка вздрагивая от звуков проносящихся мотоциклов, далеких сирен и летящих во тьме самолетов.

3

Самая вкусная, конечно, первая в день сигарета. Коктейль из ароматного дыма и крепчайшего кофе всегда поднимали настроение и давали дружеского пинка в направлении будущих побед. Паула, совмещая приятное с полезным, в белых кроссовках, просторной майке цвета хаки и черном трико, эффектно облегавшем ее сильные стройные ноги, бежала на работу. Здорово, что шеф разрешил цивильную одежду на время расследования. Она бежала мимо маленьких лавок, владельцы которых, отвлекшись от приемки и раскладки товара, провожали ее внимательными взорами и игривыми улыбками. Мимо барбершопов, где импозантные бородачи спозаранку уже подправляли черную и рыжую красу других бородачей. Мимо кафешек с галдящими в ожидании своей чашечки кофе посетителями.

Многие здоровались с ней. И она махала в ответ. Хороший солнечный день, кипение и бурление вокруг наполняли ее беспричинной радостью и желанием жить. Утро тихо шептало в ухо, что все обойдется и пропавшая женщина будет найдена целой и здоровой.

Она взлетела по крутой лестнице полицейского участка на второй этаж. На рабочем месте ее ждал сюрприз. В лице шефа. Он молча встал с ее старенького кресла, при этом оно радостно проскрипело и слегка распрямилось.

— Привет. Не знаю, что ты подцепила на свою удочку, но оно большое и вонючее. И оно уже здесь. Пошли. И думай над каждым словом. — Он развернулся и направился к себе в кабинет.

Паула молча пошла следом, ловя на себе обеспокоенные и сочувственные взгляды сослуживцев. В кабинете шефа сидели двое незнакомцев, хорошо, но неброско одетых. Они поздоровались. Произношение одного из них выдавало бразильца. Дверь закрылась, все сели вокруг стола, и незнакомцы без лишних реверансов начали.

Вопрос, в рамках какого дела она написала запрос по компании Педро и по нему лично, явно проливал свет на то, что он серьезно интересовал не только ее. Пришедшие оказались сотрудниками совместной рабочей группы Интерпола и отделов по борьбе с оборотом наркотиков Португалии и Бразилии.

Выслушав ее короткий рассказ про пропажу Магдалены и про ее первые шаги в расследовании, они переглянулись и протянули ей стопу бумаги. Она молча пробежала глазами первую страницу. Потом по диагонали — еще несколько.

Читать все внимательно было бы долго. Но все становилось более или менее понятно с первого листа. Это была распечатка бесед Педро с клиентами и расшифровка нескольких его разговоров с Магдаленой. Вероятно, не только его телефон стоял на прослушке, но и в квартире тоже было установлено оборудование. Судя по всему, Педро и его жена часто и сильно скандалили. Он не соглашался на развод на ее условиях, а она в ответ кричала, что расскажет полиции про его дела с бразильцами.

По распечаткам переговоров было понятно, что это за бразильцы. Организованная наркомафия. Становилось ясно, откуда деньги на роскошную жизнь. И что, похоже, в пропаже Магдалены появился мотив.

— Как вы думаете, где она? — спросила Паула.

— Мы не гадалки. Предсказания — не наша работа. Но не исключаем, что она может оказаться там, где сегодня у нас запланирован рейд. Это старый склад рядом с лиссабонским портом. Педро занимается транзитом наркотиков. Возит их в своих морозильных контейнерах со свиными тушами. Сегодня ожидается передача очередной партии. Можете поехать с нами. Посидите в машине, пока спецназ будет штурмовать склад. Там офис бразильской группировки. Если найдем вашу пропавшую, повесите себе медальку.

Паула посмотрела на шефа. Тот пожал плечами.

— Я согласна. Где и когда встречаемся?

4

День кружился в калейдоскопе звонков, встреч, писем и тут же рассыпался в разноцветное ничто, мелкие ничего не значащие осколки. Все мысли были только о вечере. Только бы найти Магдалену! Найти живой!

Она позвонила Гонсало. На ее вопрос, не спрашивал ли Педро о результате розысков и не сворачивает ли кровь постоянными звонками, она получила ответ, что его с утра в поселке нет и он никому не звонил.

«Ну, конечно, прямо весь испереживался за жену, засранец!» — мрачно подумала Паула. Получила служебный пистолет с бронежилетом, села в свой автомобильчик и помчала в Лиссабон.

Район, соседствующий с лиссабонским портом, стар, грязен и небезопасен. Исторически здесь селятся портовые служащие, проститутки и торговый люд. Их жизнь течет между бесчисленными складами, барами с дешевой выпивкой и притонами, где можно купить женщину, мужчину или наркотики. Полиция здесь гость нечастый. Скорее — статист, наблюдатель. Агент по вывозу трупов и оформлению свидетельств о смерти. Прочие проблемы решают лидеры преступных и национальных группировок.

Но сейчас все было иначе. Грузовой микроавтобус со спецназом, замаскированный под доставку продуктов, и джип с оперативниками и Паулой кружили по району в ожидании Педро и его груза. Водители профессионально петляли по улочкам, причудливо меняя маршрут, чтобы не вызывать подозрений. Оперативник, вероятно следивший за складом, доложил по рации, что тягач с контейнером и «мерседес» с Педро въехали на территорию. Группа захвата двинулась в сторону склада.

Подъехав, офицеры наркоотдела оставили Паулу в машине, вручили ей ключи зажигания, рацию и приказали без команды не высовываться.

Тут время распрямилось, как сильно сжатая пружина, и события полетели, словно кто-то включил ускоренную перемотку.

Группа спецназа из пяти человек и трое офицеров рванули к воротам. Охранника на бегу вырубили электрошокером. Один из солдат перемахнул через двухметровый забор. Через несколько секунд группа втекла в открывшиеся ворота и исчезла внутри склада.

Сначала было тихо. Потом раздались крики. Чуть позже — стрельба.

Судя по звукам в рации, никто сдаваться не собирался. Бандиты дали отпор. Одиночные поначалу выстрелы слились в сплошной гул, похожий на грохот стройки. Потом бухнул взрыв. «Граната», — поняла Паула.

Перекинула себя через коробку передач на место водителя. Завела джип. Мускулы налились, в машине стало жарко от выброса адреналина. По рации кто-то проорал, что есть раненые и часть бандитов с Педро пытаются уйти. Створка железных ворот склада отскочила, как картонный лист, и в переулок вылетел «мерседес», петляя, задевая стены пакгаузов и припаркованные машины и гремя отрывающимся от удара бампером. Думать было некогда. Паула пристегнулась, проверила натяжение ремня безопасности и до упора втопила газ.

5

Бразильский офицер с укоризной смотрел на Паулу. Он стоял у открытой двери скорой помощи. А она, сидя внутри, прижимала к голове мешок со льдом.

— Ну и что нам прикажешь делать? Ждать, пока эти паскудники придут в себя? — посетовал он. — Фельдшер говорит, что не скоро. И все из-за тебя, красотка. Ну, ничего, очнутся — допросим. Хорошо, что хоть ты пристегнулась...

Карлос — так звали бразильца — коротко подытожил результаты рейда. Магдалену они не нашли, но нашли наркотики. Много наркотиков. Так что их работа закончена. А вот ее, похоже, нет.

Паула кивнула, с трудом поднялась и попросила отвезти ее домой. Водитель, пожилой сержант-португалец с выцветшими, пожелтевшими усами, с удовольствием затягиваясь плохой сигаретой, неторопливо вез ее по вечерним улицам. Медленно плыли желтые круги фонарей, люди смеялись около кафе и ресторанчиков, все было мирно и хорошо. Никто ничего не знал ни про Магдалену, ни про преступных бразильцев.

Зазвенел телефон. Это был Гонсало.

— Привет, Паула! — сказал он. — Если так дальше пойдет, ты мне весь поселок пересажаешь. Есть новости. Плохие. Пропала еще одна женщина. Мне сказали, что ты сейчас не в форме. Заявление примет кто-то другой из вашего отдела. Но я хочу, чтобы завтра ты была здесь и вела это дело. Твой начальник не против.

И, не попрощавшись, повесил трубку.

— Да пошел ты... — буркнула Паула замолчавшему телефону. — Что за паршивый день...

Она молча и без разрешения взяла сигарету из пачки водителя и закурила.

Голова сеньора Лабрадора

1

Кофе в кафе «Белаш Клуб и Гольф» был хорош, как и весь поселок. Голова почти не болела, но шишку на лбу и отек на скуле замаскировать было сложно. Так что Паула натянула бейсболку как можно сильнее, чтобы спрятать в тени козырька напоминания о прекрасно проведенном вечере.

Гонсало должен с минуты на минуту прибыть с мужем потерпевшей. Несмотря на утро рабочего дня, поселок полон людей, словно его жители вообще не работают. Кто-то торопится в местный спортзал, кто-то завтракает на террасе кафе, любуясь на гольф-поля, исчезающие за холмами.

— Рад видеть! Угостить сигаретой?

Паула подняла глаза. Перед ней, сверкая жизнерадостной улыбкой, стоял Димитрио. Она кивнула ему в знак приветствия и молча показала на свою пачку сигарет на столе.

— Ладно... А как насчет небольшого допроса? — улыбнулся он.

— Можете выкурить со мной сигарету. Но больше я Вам времени не уделю. У меня встреча, — твердо сказала Паула и продолжила: — А Вы, случайно, не мазохист? Первый раз вижу человека, которого абсолютно не напрягает встреча с представителем полиции.

— Нет. Не мазохист. Просто Вы мне понравились. Но если Вам неприятно, прошу меня извинить. Тяжелый вчера день выдался? — Он внимательно и уже без улыбки посмотрел на ее лицо.

— Ерунда. Небольшая авария, — ответила Паула. — Как Ваш детектив?

— Продвигается, но плохо. Все не могу решить, кого убить следующим, — улыбнулся собеседник.

— А Вы шутник, — задумчиво сказала Паула. — Вы по округе, случайно, не бегаете? С собакой не гуляете? Ничего странного в последние дни не видели?

— Собаки у меня нет. Но сам я гуляю. И с удовольствием. Странного ничего не видел, кроме, пожалуй, мотоциклистов. И скорее, слышал, чем видел. Знакомы с мотоциклами для мотокросса? Так вот, народ тут этим увлекается, но по территории поселка обычно не ездят. Гонсало всех их знает и гоняет. Но за эти дни я пару раз слышал мотоциклы в районе гольф-полей. Впрочем, понятия не имею, чем это может помочь. Кстати, если вдруг проголодаетесь, буду рад пригласить Вас на ужин. Говорят, я неплохо готовлю.

Паула улыбнулась его самоуверенному нахальству.

— Черт с Вами. Но имейте в виду: мы назовем это допросом. И если плохо себя будете вести, я закую Вас в наручники.

— Согласен. Но только после того, как я приготовлю ужин. Сегодня или завтра?

— А Вы настойчивый... Давайте сегодня. Завтра конец недели и у меня, похоже, будет много писанины.

Они попрощались, и Димитрио устроился за столиком неподалеку в обнимку со своим лэптопом.

2

Показался Гонсало в сопровождении высокого худого мужчины в костюме и очках. «Банкир, финансист или брокер», — подумала Паула. Эти лощеные типы ей всегда были неприятны. Холодные, надменные, в своих клиентах они видят не людей, а лишь графики возможной прибыли. Пришедшие коротко поздоровались и присели к столу. Гонсало представил незнакомца. Даниэль, муж пропавшей Сандры, действительно оказался совладельцем одного из португальских коммерческих банков. Его жена совершала пробежку каждый день, ближе к вечеру, когда гольфистов на полях было уже не так много. А владельцы собак еще не начинали выгуливать своих питомцев, которых мясом не корми, дай облаять бегуна или велосипедиста. «То есть в промежутке между четырьмя и шестью вечера», — прикинула Паула. Точнее Даниэль сказать не мог — был на работе. А когда к шести приехал домой, сначала не переживал, так как она частенько после пробежки заходила в кафе или в спортзал поболтать с подружками. Но когда он начал ей звонить в восемь, а ее телефон оказался отключен, он сразу связался с Гонсало.

Реакция последнего встревожила банкира еще сильнее. Гонсало поднял на ноги всех своих людей, сразу вызвал полицию и заставил сомневающегося Даниэля писать заявление о пропаже человека.

Парни Гонсало прочесали весь поселок, лес и тропы. Безрезультатно. Камеры зафиксировали ее в районе пяти пробегающей в сторону гольф-полей. Больше ее никто не видел, в кафе или в спортзале она не появлялась. Поскольку накануне поиски велись, когда уже стемнело, сегодня с рассветом команда службы безопасности их продолжила.

В семейной жизни Даниэля и Сандры все было хорошо — никакого разлада. Как и проблем с жителями поселка. Паула внимательно смотрела на Даниэля: когда он сказал про отсутствие конфликтов, она почувствовала секундную паузу, тень сомнения в словах собеседника.

— Вы уверены, что нет никаких конфликтов? — спросила она, глядя прямо ему в глаза.

— Ну был небольшой конфликт с ее приемным отцом, — недовольно сказал банкир, — но это было год назад, и мы как-никак родственники. А родственники иногда не ладят друг с другом.

Он посмотрел на Паулу. Но она молчала, требовательно глядя на него. Даниэль вздохнул и рассказал, что его жена — приемная дочь сеньора Родриго. Ее родители погибли в автомобильной катастрофе, и его семья взяла ее к себе. Но вскоре он овдовел, и, не найдя общего языка с Сандрой, отдал ее в частную закрытую школу-пансион. Так она потеряла семью второй раз. А поступив в институт, встретила Даниэля, и молодые люди понравились друг другу. После окончания курса наук они поженились.

Ее отчим, сеньор Родриго, — известный в центральной части Португалии девелопер. Он начинал возводить «Белаш Клуб и Гольф» еще с Лорданом. А кредитовал их отец Даниэля.

Поэтому, когда молодые люди объявили о помолвке, никто не возражал. Все были рады скрепить деловые связи семейными узами. Но время шло. Отец Даниэля ушел на покой и передал дела сыну. А тот, финансист до мозга костей, рьяно взялся за увеличение прибыли семейного банка. И однажды дошел черед и до кредитов строительной организации Родриго. Анализ документов и текущего состояния рынка показал, что банк может зарабатывать гораздо больше, просто поменяв условия кредита или самого застройщика. Разговор Даниэля с Родриго ничего не дал, тот не собирался делиться своей сверхприбылью. И тогда Даниэль нашел крупную испанскую строительную компанию, свел их с компанией Лорданов, имеющей эксклюзивное право развивать эти земли, предоставил необходимые кредиты и создал бизнес-проект на хороших условиях. Для всех участников, включая себя.

Сеньор Родриго был вне себя от ярости, что его выкинули из бизнеса. Он ходил к отцу Даниэля, просил Сандру переубедить мужа — но ничего не помогало. С тех пор застройщик в «Белаш Клуб и Гольф» другой. А Родриго прекратил всякие отношения с молодыми людьми.

Паула сделала пометки в записной книжке, согласилась с Даниэлем, что вряд ли этот прошлогодний скандал мог иметь значение сегодня. Она поблагодарила собеседников, сослалась на неотложные дела, покинула кафе и... направилась прямиком в поселковый магазин.

3

Там Паулу встретила радостной улыбкой старая перечница Марта. И, ничуть не смущаясь посетителей, затараторила:

— Добрый день, моя дорогая! Простите — офицер! Как же я рада Вас снова видеть! Какая погода сегодня замечательная! И всю неделю была прекрасной! Вот если бы еще покупатели не пропадали!

И она торжествующим взглядом обвела посетителей. Те — кто с любопытством, а кто с тревогой — уставились на Паулу.

— Наш маленький поселок полон богатых известных людей и, конечно, их тайн. А тайны имеют обыкновение рано или поздно кого-то убивать!

— Дорогая Марта Винтуринья! — одновременно дружелюбно и строго сказала Паула. — Во-первых, нет ни одного подтверждения, что кого-то убили. Во-вторых, можно я с Вами поговорю на улице? Уделите мне минуту.

И, не дожидаясь ответа, вышла из магазина. Облокотилась на ограду примыкающего к нему красивого сада и достала сигарету.

Старушенция бодро выпорхнула из дверей своего царства сплетен и португальских закусок и бодро прохромала прямиком к Пауле.

— А курить здесь нельзя! — заявила она радостно. И тоже достала сигарету.

— Как жаль, что пропала Сандра! Она была совсем молодая женщина, любила мужа и так много покупала в моем магазине. Жаль, что она разругалась со своим приемным отцом! А все из-за денег. Он сначала потерял жену, потом бизнес, а теперь и дочь. Бедняжка! Он такой приятный! Ну знаете, старая школа португальского джентльмена, сама галантность! Всегда спрашивал о моем здоровье и пил только дорогие португальские вина, а не эту испанскую бурду. Вам надо с ним познакомиться! Вы не замужем? — она игриво посмотрела на Паулу. — Если Вас подстричь и накрасить, то в Вас ни за что не заподозришь офицера полиции. Не женское это дело!

Старуха с удовольствием выдохнула струю дыма ей в лицо.

Паула терпеливо снесла это. И спросила, не было ли чего-то подозрительного в последнюю пару недель.

— Как же не было? Да как он приехал, так все и началось! — И она кивнула на кого-то за плечами Паулы. Та медленно повернулась и увидела Димитрио, не торопясь идущего куда-то с лэптопом под мышкой.

— Не люблю этих русских. Они все какие-то мрачные. Я читала Достоевского: у них нормально ходить с топором и убивать беззащитных старушек ради денег. Если бы не он, я бы подумала на Гонсало, нашего бравого начальника охраны. Всю жизнь служил государству, а его взяли и вышвырнули на пенсию. И все из-за чего? Вспышки ярости, сказали — что-то с головой после ранения. Он, конечно, бывает резок, но это не повод выгонять служак! Они потом как бесхозные собаки, только и жди, что укусят. Особенно наши португальские служаки! Они даже революцию от нечего делать могут устроить! А наш бравый шеф еще и по ночам один шастает по полям с фонариком. Я сама видела! Вот что надо приличному сеньору ночью на гольф-полях? Все приличные сеньоры дома пьют красное вино и смотрят телевизор со своими женами. Ну или с чужими, на худой конец... — Она задумчиво затянулась.

— Нет, все началось через неделю после приезда русского. Вы его допросите! — И она требовательно посмотрела на Паулу.

— Спасибо, дорогая Марта. Допрошу обязательно! Сегодня же, — сказала она, понизив голос в тон собеседнице.

Мобильник дважды булькнул. Паула перевела взгляд с удаляющейся сплетницы на экран устройства. Два сообщения. Одно — от Гонсало. Второе — от Димитрио. «Готовлю ужин. Приходите. Буду готов к семи вечера. Улица Мае де Агуа, 9, квартира на первом этаже, направо».

«Ну что ж, поужинаем. И поговорим», — подумала Паула. И открыла второе сообщение: «Охрана сеньора Альфонсо сегодня прислала нарезку видео, где видна Магдалена с псом, а через некоторое время — пес без Магдалены. Камера уличная, охраняет периметр — участок, где дорожка с ручьем. Мы с Вами там проходили. Магдалена идет от Белаша в сторону нашей деревни. Потом через двадцать минут пес один бежит в сторону Белаша. У нас теперь есть примерное время события. Больше на видео в этот тридцатиминутный промежуток никого на тропе нет — ни людей, ни животных. Я не знаю, почему они сразу не предоставили запись. Может, их подвигла на это отрезанная голова любимого пса сеньора Альфонсо, которую он нашел перед своим парадным входом сегодня утром. Что и стало поводом для его заявления в полицию. Он настаивает, чтобы мы приехали к нему сегодня».

Паула набрала Гонсало и сказала, что готова ехать немедленно.

4

Начальник охраны прибыл за рулем собственной машины — нарочито нескромного «порша». «Неплохая пенсия у некоторых бывших военных», — подумала Паула.

— Гонсало, похоже, Ваши исторические справки нам все-таки пригодятся. Для более качественного разговора с Альфонсо. Сколько нам ехать до его особняка? Успеете мне рассказать про Вашего русского писателя? Мне бы и про него справка пригодилась...

— Ехать до Кинты минут пятнадцать. Если не торопясь. Да, рассказать успею. Хотя информации не очень много. Димитрио очень загадочная фигура. Я не обращал Ваше внимание на него, потому что, возможно, он очень непростая птица. Месяц тому назад ко мне обратился директор испанской строительной компании сеньор Хуан. Он уже год как наш новый застройщик, и дела у него идут хорошо. Более того, ему так здесь понравилось, что он купил виллу и теперь живет здесь. Так вот, месяц назад он стал получать угрозы. Сначала отнесся к этому несерьезно. Но потом кто-то ночью порезал кожаную крышу его любимого кабриолета, припаркованного прямо у дома. Португальскую полицию он замешивать не хотел, чтобы не вызывать огласки и негативного внимания к своему бизнесу. Усилил охрану, добавил камеры и попросил меня более пристально приглядывать за имуществом. А две недели назад сказал, что ему посоветовали человека, который сможет ненавязчиво присмотреть за ним и разобраться в этом деле. Он снял с моей помощью квартиру в аренду в поселке и на следующий день познакомил меня с Димитрио. Особого впечатления тот не произвел, слишком интеллигентный, внешне неспортивный, военной выправки не чувствуется. Короче, как по мне, — так себе охранник. Или сыщик. Я на всякий случай попробовал проверить его и сделал пару запросов. И тут со мной внезапно связался мой давний друг из военной разведки. Оказывается, они внимательно наблюдают за нашим писателем. Меня попросили быть рядом и сообщить, если что-то странное начнет происходить или к нему приедут какие-то люди. К нему никто не приезжал. Но странное действительно заглянуло в наш поселок... И кстати, когда мы с ним сошлись и пару раз крепко выпили, я обратил внимание, что он не всегда реагирует на свое имя, что тоже странно. А так милейший человек и прекрасный повар к тому же.

Паула посмотрела на Гонсало. Тот вел машину, глядя прямо перед собой, и было непонятно, подшучивает он над ней или предупреждает.

5

Кинта да Фейра с дороги была не видна. Лишь старинный забор и массивные кованые ворота. А над ними — камера, внимательно наблюдающая за приезжающими.

Гонсало позвонил в домофон, минуту ничего не происходило, потом створки ворот начали медленно раскрываться. Дорожка, отсыпанная мелким светлым отсевом, змейкой изгибалась вокруг альпийских горок, групп пальм и каких-то неведомых крупных растений. Территория была большой и ухоженной. После очередного поворота появился большой и роскошный старинный дом, украшенный архитектурными изысками.

Были здесь и витражи из азулежу, и колонны с капителями, и высокие печные трубы, и флюгеры. Ансамбль довершал маленький фонтан, с бронзовой скульптурой девочки, перед парадным крыльцом. Прямо-таки настоящий дворец с курдонёром.

На крыльце стоял спортивного вида мужчина, в светлых брюках и футболке. Короткие рукава подчеркивали рельеф его бицепсов.

Они вышли из машины. Мужчина представился. Встречающий оказался местным начальником безопасности. Не выказав им особой симпатии, он развернулся и повел за собой в дом.

Богатое убранство дома делало его еще больше похожем на музей или декорацию. Полы и лестницы светлого мрамора, темный полированный дуб потолка и поддерживающих его балок, огромные хрустальные люстры и тяжелый шелк портьер — все говорило о немалом богатстве, пережившем много эпох.

И вот перед ними распахнулись тяжелые деревянные двери. Их ввели в огромное помещение — из конца в конец больше двадцати метров. Все стены от пола и до четырехметровых потолков занимали книжные полки. Нигде, кроме библиотеки королевского дворца в Мафре, Паула не видела столько книг. Массивная резная мебель и кожаные диваны, огромные проемы окон в пол и двухметровая пасть камина довершали великолепный аристократический облик кабинета хозяина Кинты.

На просторном диване, обитом кожей цвета выдержанного вина, восседал человек в возрасте лет шестидесяти и курил сигару. Гонсало поздоровался с ним, тот молча указал на диван напротив. Они присели. Повисло задумчивое молчание. Не предложив ничего гостям, сеньор Альфонсо требовательно произнес:

— Я и мои люди вам помогаем со следствием, не так ли? Мы нашли запись с вашей женщиной, хотя это отвлекло моих людей от их прямых обязанностей. — Он посмотрел в темный потолок и выдохнул ароматный дым. — Так вот, теперь я хочу, чтобы вы тоже мне помогли. Какой-то мерзавец пробрался на территорию Кинты и убил моего любимого лабрадора. Убил и обезглавил! Он оставил голову несчастного пса прямо у дверей дома, выходящих из парадной залы в сад! А вы знаете, что лабрадоры — португальская порода? И его впервые привез в страну мой предок со стороны матери! В честь которого порода и названа! И на нашем семейном гербе голова лабрадора!!! Это прямой вызов мне!

Снова повисло неловкое молчание, и расстояние между диваном и с хозяином дома и гостями разверзлось сословной пропастью между аристократией и простолюдинами. Терпеть этого не хотелось, да и было чем заняться.

— Понимаю Ваше беспокойство, сеньор Альфонсо, — тихо и твердо сказала Паула, — но я не занимаюсь пропавшими или покалеченными животными. Это работа не следователя, а сержанта. Напишите заявление, и Вами займутся. А нам пора. — И она резко встала с дивана.

Альфонсо, явно не привыкший к такому общению, растерянно посмотрел на Гонсало, но тот лишь пожал плечами и тоже встал.

— Подождите, но плюс ко всему, мне еще и угрожают! — взвизгнул хозяин дома. — И никто из моей обслуги не видел этого мерзавца! Я уже никому не верю! Хотите кофе или воды? Может, вина? Вы обязаны помочь мне!

— Тогда начнем с кофе и Вашего рассказа, — смилостивилась Паула. И они с Гонсало снова сели на диван. Льдины сошлись, и аристократия превратилась в просто испуганную буржуазию.

Распорядившись накрыть кофе с миндальным печеньем из Алентежу, сеньор Альфонсо начал рассказ.

Начал он со знакомства с Андре Лорданом и его бизнес-предложения. Правда, в его интерпретации это звучало, как совместная реализация самого прекрасного европейского проекта в сфере девелопмента. Выселение крестьян он тоже изящно обошел, назвав полюбовным и взаимовыгодным решение прекратить все отношения.

Это было почти двадцать лет назад. И вот в позапрошлом году к нему пришел один из потомков тех крестьян. Назвался Жоао и сказал, что он наследник одной из старых брошенных ферм. И что будет через суд оспаривать право на владение, так как его родителей выселили с этой земли с нарушением их прав.

Сеньор Альфонсо был выше мелких недоразумений и благородно предложил компенсацию в десять тысяч евро за подписание бумаг, что претензий нет и больше никогда не последует. Очень хорошее предложение, поскольку у наглеца не было никаких документов, как, скорее всего, и денег на суды. А через землю той фермы должны были пройти коммуникации к новым кварталам проекта «Белаш Клуб и Гольф».

Разработка и согласование документации заняли несколько лет и обошлись в десятки тысяч евро, новый застройщик уже был найден, и инвесторы ждали начала продаж. Медлить было нельзя.

Но юный вымогатель отказался, пригрозил судом и разными карами небесными. Это уже было слишком. Сеньор Альфонсо был страшно оскорблен. Его начальник охраны собственноручно выкинул наглеца из Кинты. Казалось, все закончилось, но Жоао, найдя где-то деньги, все же подал в суд на Альфонсо.

Расходы на адвокатов и необходимость уделять этому пустяку драгоценное время безумно раздражали его. А потом этот маленький мерзавец еще и поднял информационную волну в прессе. Все это отодвинуло старт продаж на год и ввергло Альфонсо в уныние. Пришлось подключить связи. Только после этого Жоао угомонился. И вот теперь, спустя год с лишним после описанных событий, происходит это страшное преступление! Прямо в его доме! Это оскорбление и угроза представителю одного из древнейших родов Португалии!!!

Альфонсо опустошенно умолк и пал в объятия своего неприлично огромного бордового дивана.

Речь его была пламенной и длинной. Сигара потухла. Но хозяин Кинты продолжал ее мусолить во рту. Было видно — противный старик напуган.

Паула закончила делать пометки и попросила показать, где произошло трагическое событие. Тот сказал, что начальник охраны проводит их, и распрощался. Похоже было, что он боится выходить из дома.

Начальника звали Диего, родом он был из Венесуэлы. Особо не поддерживая беседу, он провел Паулу и Гонсало вокруг дома по саду и подвел к месту, где нашли голову несчастного лабрадора.

Перед высокими стеклянными дверями, ведущими в зал, был широкий балкон, над ним на фасаде висела камера. Подойти к дверям и не попасть в объектив было невозможно. На вопрос, есть ли видеозапись, запечатлевшая это ужасное событие, последовал ответ, что в тот день она не работала. А дежурил человек, лично преданный Диего и работавший с ним более пяти лет. Так что его пришлось из числа подозреваемых исключить. Остались еще сотрудники компании, обслуживающие системы пожаротушения и видеонаблюдения в Кинте. Официальный запрос им отправлен, они проводят внутреннее расследование, но ответа пока нет. Откуда пришел и куда ушел злоумышленник, они так и не поняли, так как в ту ночь был дождь и следов не сохранилось. На просьбу выдать труп собаки, он ответил, что пес в холодильнике и, если хозяин распорядится, он привезет его в полицию. На этом они и закончили: распрощались и покинули красивое, но негостеприимное место.

Начинало вечереть, Паула рассталась с Гонсало и, покрутившись по поселку, подъехала к дому Димитрио.

Коктейль «Странный русский»

1

Перед дверью его квартиры Паулу встретил сладковатый аромат готовящегося ужина. Нос уловил ароматы мяса и специй. Она вспомнила, что с утра ничего не ела, и с удовольствием нажала на дверной звонок. Дверь распахнулась, и в проеме возник взъерошенный Димитрио, в фартуке и с кухонным полотенцем на плече. Дежурно обменявшись любезностями и изобразив два обязательных португальских поцелуя, он провел гостью в гостиную, усадил на диван, покрытый какой-то узорчатой, в африканском стиле, тканью, и помчался на кухню, предложив:

— Будьте как дома.

Под грохот посуды из кухни она внимательно и не торопясь осмотрелась. Квартира была просторная и светлая, но ремонту явно было больше двадцати лет. «Похоже, ее все время сдавали в аренду», — подумала Паула. Полы были местами вытерты, на стенах виднелись точки креплений полок. Кое-где на крашеных стенах остались призрачные силуэты мебели предыдущих жильцов. Как привидения, напоминающие, что ничего постоянного нет. И все бренно.

Обстановка была самая простая: диван с телевизором и стол с четырьмя стульями. Видно, что гости здесь редкость. Никаких картин, фотографий, книг, сувениров, безделушек и вообще личных вещей. Посуда на столе, накрытом на две персоны, — дешевая и узнаваемая.

«„Икея“ — марка для тех, у кого нет денег. Или тех, кто не планирует тащить за собой по жизни скарб. Интересно... Ну а что у нас на кухне?»

Заглянув в неожиданно просторную и хорошо оборудованную комнату, она застала хозяина за нарезкой сыра. За его спиной, на плите, из кастрюли валил ароматный пар.

— Сегодня у нас кролик по-французски в горчичном сливочном соусе, салат и закуски. Вы какое вино предпочитаете? Я на всякий случай запасся и белым, и красным.

— Я пока буду воду. Помните, мы хотели в первую очередь поговорить.

— Как угодно. Ваше право, — без тени разочарования ответил Димитрио. — А я вот уже пару часов вожусь на кухне, и мне не помешает выпить. Ступайте в зал. Дайте мне еще пять минут. И все будет. — И он достаточно демонстративно выставил ее с кухни.

Пяти минут ему действительно хватило. И Паула с удовольствием хрустела сочной руколой с моцареллой и кедровыми орешками в ожидании обещанного кролика. Димитрио сидел напротив, уплетая сыр и наслаждаясь вином. Он болтал про всякие обычные в таком случае португальские новости, погоду и футбол. Наконец центр стола заняла тяжелая чугунная кастрюля. И, в теплом аромате специй, кролик начал перемещаться в тарелки собеседников.

Повар оказался неплох. Сочетание теплого сливочного соуса с нотками аромата кролика и оттенком вкуса горчицы заставило Паулу на время забыть цель визита... И захотелось вина.

— А знаете, я, пожалуй, выпью.

Хозяин — само обаяние — с улыбкой наполнил ее бокал. За окном вечерело. Свет, текущий из плетеного абажура над столом, ярко освещал его, посуду и приборы. Тем временем в углах неспешно гнездился полумрак и танцевали безмолвные тени.

Круг теплого света как бы объединил двух почти незнакомых людей за этой трапезой. Защищая от теней и неизвестности.

— Расскажите о себе, Димитрио, — попросила Паула, подняв бокал на уровень глаз. — Кто Вы? Мне отчего-то кажется, Вы не только начинающий писатель.

Он тоже поднял бокал и задумчиво смотрел на нее сквозь капли белого вина и искорки хрустальных граней.

— Мне особенно нечего рассказать. Для вас я эмигрант, как и многие другие русские, белорусы, украинцы, бразильцы или ангольцы. Только, в отличие от всех остальных, на обладателей такого паспорта, как у меня, многие смотрят через призму осуждения, страха и коллективной вины. У вас, коренных жителей, здесь, в вашей стране, все более или менее хорошо. Спокойно и стабильно. А окружающий мир лихорадит. И пока он делает вид, что борется за идеалы с так называемыми диктаторами или режимами, те себя чувствуют очень неплохо. В отличие от простых людей, которым достаются все ямы и колдобины по дороге к прекрасной демократической жизни. Настолько глубокие и непроходимые, что все чаще мы, иммигранты, задаемся вопросом: настолько ли прекрасна ваша жизнь и идеалы вашего общества? В общем, все, как всегда и везде: власть защищает только себя, но не людей. Всюду вечный популизм и циничный прагматизм. Вне зависимости от того, демократическая эта власть или персоналистическая. Три года назад вся моя жизнь круто изменилась и я уехал. За это время я много где побывал, искал себя, пробовал перевезти семью. Европа, Южная Америка, Африка… С семьей воссоединиться не получилось, и я ее потерял. Долгая и грустная история. Но получилось сделать необходимые документы и остаться в Европе. В прошлой жизни я был специалист по коммерческим и производственным рискам, здесь мои дипломы не пригодились. В отличие от навыков. Теперь подрабатываю кем-то вроде частного детектива. Ну и пробую себя в писательстве.

— И что сейчас расследуете? — Паула слегка опустила бокал. — Кстати, как я понимаю, без лицензии?

— Видите ли, дорогая гостья, здесь, на юге Европы и вообще на юге, законы действуют так же, как и везде. Но отношение к ним у представителей власти немного другое, чем в Северной Америке или Центральной Европе. Серьезным людям часто нужен профессионал, способный помочь с каким-нибудь щепетильным делом, но не связанный с государственными органами.

Человек без лицензии. Из ниоткуда. Тот, от кого всегда можно откреститься. Я не испытываю иллюзий на этот счет. — Он улыбнулся. — Но в определенных кругах мои таланты известны, так что с деньгами проблем нет. Правда, приходится часто переезжать. Но скучать не приходится с такой работой. И сюжеты для моей книги не нужно особо выдумывать — жизнь сама их подбрасывает. Меня пригласил на работу сеньор Хуан. Вы это уже знаете, не так ли?

Паула молча кивнула.

— Замечательный профессионал этот парень Гонсало. Его военная прямота очень заметна. Так меня обнял сразу после приезда! Сразу стало ясно, что он запросил все справки и теперь присматривает за мной. Ну и бог с ним, мне это не мешает. Дело в том, что Хуану угрожают. А в этот проект вложено все его состояние и репутация. Поэтому он не хочет огласки. И еще одно. Теперь, после ареста Педро, об этом можно сказать: Магдалена и Хуан были близки. На постоянной основе. И строили планы на будущее. Так что, если Вы считаете его подозреваемым, это точно не он. Он много потерял и страдает. До сих пор надеется, что ее найдут. У Вас есть продвижение в деле? Дружеская помощь не нужна?

— Дружеская помощь пригодится, если расскажете, что знаете. В остальном я сама, — твердо ответила Паула. — Так что я не откажусь от еще одной порции кролика, бокала вина и рассказа, что Вы накопали за это время.

2

Димитрио принял правила игры, и, поухаживав за гостьей, продолжил:

— Что касается угроз, их кидали в почтовый ящик на воротах виллы. Обычная распечатка, лазерный принтер, стандартная бумага, отпечатков пальцев нет. Камера, охраняющая зону перед домом и парковку, ничего не сняла. Был какой-то технический сбой. Сейчас я это дело поправил: дом и периметр защищены, видео онлайн и записи с камер можно просмотреть с мобильного устройства хозяина и моего. Более того, теперь дом и участок защищают камеры с нейросетевой аналитикой, они срабатывают на пересечение охраняемой зоны и дают сигнал оператору. За время, пока я здесь нахожусь, новых угроз или сработок нет. Но пропала Магдалена.

За несколько дней до ее исчезновения Хуан сделал ей ценный подарок: подарил подвеску в виде крыла ангела. Она ее носила, особо не скрывая. С мужем у нее давно не было отношений, и они обсуждали детали развода, — с ее слов, довольно спокойно обсуждали. Вопрос был только в сумме отступных. Она хотела намного больше, чем он был готов заплатить. А когда увидел подвеску, сказал, что больше торговаться не будет, и зафиксировал сумму.

Магдалена была очень расстроена, но Хуан постарался ее успокоить. Сказал, что и этого ей хватит, и предложил свою руку и сердце. А еще брачный контракт на очень приличных условиях. Так что, я думаю, Хуан и Педро не были заинтересованы в причинении вреда этой женщине.

В итоге у нас есть два исчезновения, а зацепок нет. Кстати, Вы знали, что часть дороги от деревни до Белаша называется «Тропа заблудших душ»? Якобы там раньше было древнее капище какого-то безымянного бога, а потом — несанкционированное сельское кладбище. Потомок владельца земель — кто-то из прадедушек сеньора Альфонсо — приказал снести надгробья и засадил кладбище пробковыми дубами. И запретил там хоронить людей впредь. Видно, пробка была в цене и корысть победила средневековый мистицизм. Но вот что интересно: за последние двести лет там якобы много раз видели призраков.

— Ну Вы загнули! В призраков я не верю. Оставьте их для своей книжки. Все зло этого мира вполне осязаемо... — начала Паула. Но не успела закончить. В дверь позвонили. Извинившись, хозяин дома пошел открывать. В квартиру ввалился всклокоченный Гонсало.

3

Держу пари наш следователь здесь! Мне она срочно нужна! Мои парни срисовали ее машину, но были не уверены насчет подъезда. Зато я угадал!

— Паула, боюсь, ваш вечер закончен. Прошу вас обоих меня извинить. Сеньорите следователю пора на работу. У нас новая беда. Жду Вас в машине. — Он развернулся на каблуках и вышел.

Димитрио подошел к Пауле и, понизив голос, сказал:

— Работа — это самое главное, конечно. Вы знаете, где меня найти, и вот Вам мой номер телефона. И кстати, обратите внимание на правый рукав Гонсало. Он в крови.

Паула села в машину, и начальник охраны молча рванул с места. К ее удивлению, они поехали в самый центр поселка, в район кафе, магазина и спортзала. Около входа в магазин стояли несколько парней Гонсало. Из приоткрытой двери мягко лился желтый свет.

— Сеньора Гонсалвиш?!

— Да. Марта. Я уже позвонил Вашему шефу. Он велел все Вам показать и ничего не трогать. Приедут сыщики из криминальной полиции Большого Лиссабона. Просил передать: у Вас есть двадцать минут. Потом поезжайте домой. Скорее всего, Вы потеряете это дело. А я — репутацию спеца по безопасности, на подшефной территории которого ничего не происходит. Но других вариантов уже, похоже, нет. Убийство скрыть от прессы не удастся.

Марта Винтуринья лежала за стойкой кассы ногами в торговый зал. Рядом валялось орудие преступления — разбитая бутылка красного вина. Лужа вина, слившаяся с лужей крови.

— Кровавая Марта!

Гонсало поймал вопросительный взор Паулы.

— Говорю, можно этот коктейль назвать «Кровавая Марта». «Кровавая Мэри» уже есть. Кстати, коктейль получился недешевый.

Он показал кончиком туфли на этикетку.

— «Эшпорау». Минимум двадцать евро бутылка. Ее нашли случайно. Она всегда закрывает в восемь вечера. Но жители, проезжая мимо, увидели свет и, решив забежать за покупками, нашли ее.

— А где ее работница?

— Дома. Отпросилась после обеда. Ходила с ребенком в больницу. Я прозвонил — там подтвердили.

— А камеры?

Паула показала на камеры, установленные на углу здания, где размещались кафе, спортзал и магазин.

— Мы посмотрели. Там ничего. Одна смотрит на вход в спортзал и кафе, они основные для охраны, так как принадлежат поселку. Вторая охраняет парковку на случай инцидентов с машинами гостей. На дверь магазина ничего не направлено. И, пройдя по саду вдоль строения, можно легко остаться незамеченным для камер. Своих она не ставила. Больно жадной была. Но все равно ее жаль.

Начальник охраны и правда выглядел расстроенным.

— А зачем Вы осматривали труп, Гонсало? Вы же сказали, что его нельзя трогать до приезда следственной группы из Лиссабона.

— Так я и не трогал... — рассеянно отмахнулся начальник охраны.

Паула осмотрелась, сделала несколько фотографий и поехала домой.

Потом она долго стояла под горячим душем, физически ощущая, как вода вместе с силами и уверенностью утекает в сливное отверстие старенькой ванны.

Две женщины пропали. Третья убита со звериной жестокостью. Никто ничего не видел и не знает. Никаких зацепок. И всё за три дня. За три дня одно из самых респектабельных мест Португалии стало еще и самым опасным.

Она укуталась в халат, налила в стакан ароматного темного рома и устроилась на балконе с сигаретой, задумчиво глядя на звезды. Калейдоскоп событий и отрывочной информации кружил в голове, как рой звезд на темном куполе тропического неба. На первый взгляд между этими маленькими, мерцающими, холодными вспышками нет никакой связи. Но Паула знала: она найдет связь. Просто надо расслабиться, прекратить всматриваться в каждую вспышку в отдельности и посмотреть на весь узор сразу.

На службе у Бога

1

Она встала в пять. Заварила свежий кофе. Положила на стол чистый лист. И стала сводить вместе обрывки информации. Столбец вопросов без ответов неуклонно рос.

Паула знала, что ее ждет на работе. Когда дело из маленького участка забирают в Большой Лиссабон, всегда возникает много вопросов к офицерам, которые вели дело. Так что надо быть готовой на них ответить. А для этого — понять, какими они могут быть.

Собрав все факты, предположения и идеи, связанные с расследованием, она оделась и направилась на работу.

Обычно шумный, полицейский участок сегодня был тих. Никто не курил у входа, весело болтая. Незнакомые люди в форме и в штатском вполголоса разговаривали с сотрудниками. По дороге к своему рабочему месту она встретила напарника. Игнасио выразительно закатил глаза, направил на нее палец и потом перевел его в сторону большой переговорной, где обычно раздавали недельные задания, разбирали происшествия, обсуждали совместные действия в рамках крупных расследований.

Она развернулась и направилась к переговорной. Дверь была плотно закрыта. Едва приоткрыв ее, Паула услышала рокот голосов и поняла, что там больше десяти человек. Так и оказалось. Причем, кроме начальника участка и патологоанатома, она никого не знала. Взоры присутствующих были обращены к мужчине в форме, стоящему у доски. Он что-то на ней рисовал и начальственно раздавал указания. Остальные записывали или задавали вопросы.

Увидев в дверях Паулу, мужчина в форме замолчал, и, следуя его взору, к ней повернулись остальные.

— А... Так это наша легендарная Паула да Рока, Паула Скала.

Его глаза, сверля, рентгенами бегали по ней. Она вошла и, не дожидаясь предложения, заняла свободное место. И уже оттуда произнесла. Без вызова. И с ледяным спокойствием.

— Ну почему же Скала? У меня другая фамилия.

— Фамилия, может, и другая. А вот кличка в криминальной полиции теперь такая. Привыкайте. И ее, похоже, знают не только в Большом Лиссабоне, но и в Бразилии. Благодаря Вам два главаря бразильской группировки до сих пор в тяжелом состоянии.

Незнакомец, наконец, перевел взор с нее на остальных присутствующих.

— Так, уважаемые, все, кто получил задание, свободны. Остаются только коллеги из Белаша и руководитель оперативной группы по этому делу.

Задвигались стулья. Оперативники потянулись к выходу, вполглаза поглядывая на Паулу. Она невозмутимо смотрела прямо перед собой, будто всю жизнь хотела видеть только эту старую доску в зале для совещаний.

Когда дверь хлопнула в последний раз, незнакомец, уведомивший Паулу о ее возросшей популярности в криминальном мире, продолжил.

— Итак, мы имеем три несвязанных или одно связанное дело. Здесь, в округе Белаш. В Большом Лиссабоне. Все события произошли за последние четыре дня, или девяносто шесть часов, что говорит об их высокой интенсивности. Учитывая социальный уровень потерпевших и место, где события произошли, дело получит широкую огласку. В связи с этим начальник полиции Большого Лиссабона создал группу, куда, кроме наших следователей и криминалистов, войдете и вы трое. Ну и, может быть, если мне не будет хватать рук, а вернее, ног, привлечем еще кого-нибудь из вашего участка.

— Я Нунье — глава убойного отдела Полиции общественной безопасности Большого Лиссабона. Уже десять лет. Так что все серийные и наемные убийцы, а также маньяки добро пожаловать к нам. Бытовухой не занимаемся.

Прежде чем я продолжу, не могли бы Вы, Паула, рассказать нам нечто такое, чтобы я понял, что не зря включил Вас в эту группу. Попробуйте нас убедить, что Вы умеете не только таранить автомобили.

Он с довольной ухмылкой замолчал.

Паула встала. Прошла к доске. Повернулась к коллегам, всем видом показывая готовность играть по правилам нахала из центрального управления. Вот только встала, закрыв его от слушателей.

После секундного колебания он обошел ее и приземлился на ближайший стул. Паула внутренне улыбнулась и начала.

2

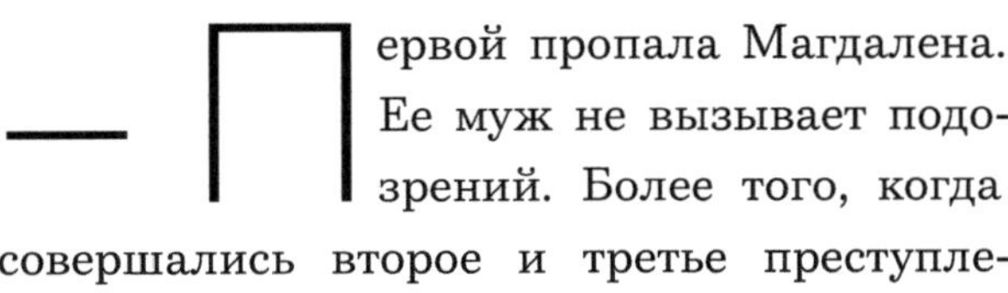

ервой пропала Магдалена. Ее муж не вызывает подозрений. Более того, когда совершались второе и третье преступления, он был уже задержан. Мотивов у него нет. Он хотел развестись и не ревновал. Магдалена же, похоже, была или остается женщиной, которая легко заводит отношения с мужчинами, несмотря на замужество. В поселке все знают о двух ее последних романах. Которых на самом деле может быть и больше. Один — с сеньором Родриго, старым застройщиком. Второй — с сеньором Хуаном, новым генеральным подрядчиком. То ли она любит деньги, то ли строителей. Причем Хуан хотел на ней жениться и ждал ее развода. И вот недавно ему стали поступать угрозы. А позже — нанесли материальный ущерб. Подозреваемого в этом деянии пока нет.

Второй пропала Сандра. Ее муж, Даниэль, имеет алиби на момент ее исчезновения, и, по словам соседей, они души друг в друге не чаяли. При этом Сандра — приемная дочь сеньора Родриго, и он, по словам очевидцев, тоже безутешен. Но я еще с ним не общалась — не успела.

Параллельно с этими событиями кто-то отрезал голову собаке сеньора Альфонсо, на земле которого построен и продолжает строиться поселок. И подбросил голову хозяину. Тот сейчас в истерике. Требует отмщения. Пса на экспертизу не отдает. Свидетелей нет. Есть только подозрения сеньора Альфонсо на одного из потомков крестьян, которых он с таким удовольствием согнал со своих земель. И с которым некоторое время назад судился.

Поселок слабо оборудован системами видеонаблюдения, что странно. Начальник службы безопасности объясняет это заботой о личной жизни проживающих здесь толстосумов. Пропавшие присутствуют на камерах эпизодически. В одиночку. Время исчезновений примерное. Подозреваемых нет.

Убийство Марты Вантуриньи Гонсалвиш вообще не вписывается в происходящее. Если только не знать, что она очень наблюдательная и страшная сплетница. И охотно делилась информацией со всеми. Включая меня. Может, кому-то очень нервному не понравилось вино в ее магазине с такой безбожной наценкой? Или надоело слушать, как она тараторит свои сплетни?

Это еще предстоит выяснить. Хотя, возможно, эти дела никак не связаны.

Я бы еще обратила внимание на начальника охраны Гонсало. По словам потерпевшей, у него какие-то проблемы с головой, бывают приступы ярости, из-за которых его и отправили на пенсию из армии. При этом в вечер убийства Марты Вантуриньи рукав его пальто был в крови, а, по его словам, к трупу он не притрагивался. Также, по словам покойной, она его видела по ночам одного на гольф-полях. И не раз. Конечно, само по себе это не преступление. Но хочешь не хочешь, а приходит в голову вопрос: что делать там нормальному человеку среди ночи? Вообще, такое впечатление, что, кого ни тронь в этом поселке, у каждого есть тайна. Или тайны. Возможно, грязные. Как-то так.

Она замолчала. Молчали и стальные. Тишину прервал сеньор Нунье.

— Ваш шеф не ошибся, поручив Вам это дело.

Он благосклонно посмотрел на начальника участка. И даже слегка наклонил голову с немалой лысиной.

— Сеньорита, похоже, Вы не зря потратили время. Если у Вас всё, — он обернулся к Пауле с вопросом во взоре, — тогда предлагаю следующее. Газетчики уже обрывают мой телефон по поводу убийства сеньоры Гонсалвиш. Я смогу тянуть время часов до пяти вечера. Потом придется бросить им кость. То, что пропали еще две женщины, они не знают. Но это дело времени.

Итак, у нас есть фора всего в полдня. Давайте используем ее с толком. Сеньор Альваро, прошу Вас снять Паулу со всех текущих дел. И если потребуется, усилить кем-то из ваших сотрудников. Она неплохой следователь и контролировать ее моим парням не надо.

Вы, дорогой патологоанатом, возьмете моего человека и съездите за псом. Никогда не видел таких изощренных намеков или угроз, обычно всё гораздо тривиальнее. Я хочу, чтобы все понимали: сеньор Альфонсо не просто старый жадный обдирала нищих трудяг, но еще и друг президента Португалии. А также глав всех политических партий. Минимум раз в месяц они вместе играют в гольф. Поэтому возьму его на себя.

Гонсало тоже не просто старый служака, он и герой пары спецопераций к тому же. Правда, причастность к которым наша страна официально отрицает. Его уволили после того, как офицер НАТО отправил на убой оперативную группу Гонсало. И она вся, кроме него, погибла. Его контузило. Первое, что он сделал, выйдя из госпиталя, — приехал в объединенный штаб и сломал натовскому полковнику челюсть. При всех. Так что да, вспышки ярости у него бывают. Поэтому я запрошу разрешение на обыск у него дома, но это займет время. Обыск проведут при мне — мы шапочно знакомы.

Вы, Паула, присмотрите за ним, пока я не получу ордер. И встретьтесь с сеньором Родриго. Я так понимаю, Вы и сами это планировали. Дальше. Формируем группу человек пятьдесят с собаками и спецоборудованием для детальных поисков на этой большой лесной территории. На это, учитывая необходимые согласования, уйдут ориентировочно сутки. Вопросы есть?

Паула по-детски подняла руку:

— Я хочу найти Жоао и опросить его. Это парень, которого подозревает сеньор Альфонсо.

Нунье не возражал, и все направились по своим делам. Отсчет времени пошел.

3

Паула колотила по клавишам старенького компьютера, наскоро набрасывая план действий и схему возможных связей потерпевших. Из-за соседнего стола на своем скрипучем стуле к ней подкатил Игнасио.

— Тебе помочь, гроза наркоторговцев? — шепотом спросил он.

— Да, можешь. Сегодня вечером все газеты взорвутся новостями. А завтра или послезавтра начнутся крутые поиски с собаками и оборудованием во всем лесном участке, примыкающем к поселку «Белаш Клуб и Гольф». Если там есть причастные к исчезновению женщин, они начнут заметать следы или пытаться скрыться. А мне до этого надо провести две встречи. Без них пазл не складывается. Ты же родился здесь, в окрестностях Белаша? Можешь мне найти некоего Жоао де Сильва? Он потомок местных крестьян и судился с местным лендлордом сеньором Альфонсо.

— А чего его искать? Он мой приятель. Мы вместе на мотоциклах гоняем. Давай я его наберу.

Маленький пивной ресторан на окраине Белаша был абсолютно пуст. Как и все подобные заведения в этот час. Поздно для завтрака. Рано для обеда. Португальцы очень консервативны во всем, что касается традиций, семейных ценностей и приемов пищи.

Бармен скучал за стойкой с мухобойкой в руках. Вид у него был малость потертый и неопрятный, как и у всего заведения. Закуски и выпечка на прилавке могли вызвать аппетит разве что у мух. Поэтому, заказав кофе, Паула и Игнасио сели за столик на улице, рядом с входом.

Паула закурила, а напарник начал рассказывать историю распри Жоао и сеньора Альфонсо.

— Да. Жоао — потомок крестьян, тех, что поколениями гнули спину на эту высокородную семью. После «революции гвоздик» его родители почувствовали за собой больше прав и стали просить сеньора узаконить с ними отношения и назвать цену за землю, где стояли их скромные постройки. Это очень раздражало его. Как и то, что теперь стало невозможно скупать практически даром все то, что производили крестьяне. Как только ущемлялись их права, они сразу объединялись, писали в газеты и грозили судом.

Их поддерживала местная ячейка компартии, и сеньор Альваро предпочитал не связываться. Но и на просьбы продать земли не реагировал.

И тут появился Андре Лордан со своими сногсшибательными предложениями. Альфонсо их с радостью принял. Он подготовился, договорился с людьми из правительства, полицейскими, газетчиками из крупных изданий. Нанял адвокатов. И начал выгонять крестьян с земель. Куда бы они ни обращались, везде их ждал вежливый, но однозначный отказ: сеньор — владелец этих земель. Он в своем праве. Редкие статьи в их поддержку выходили только в газетах коммунистов. А тем временем сеньор предлагал компенсацию. Деньги хоть и небольшие, но все ж таки какие-то деньги.

И сначала одна семья, а потом и остальные сдались безысходности. Взяли деньги, подписали документы и ушли. Семья Жоао была последней, кто отказывался. И вот в один черный день в винном погребе под фермой был найден повешенным отец Жоао. В деталях не разбирались. Полиция сразу вынесла решение о самоубийстве. На следующий день после похорон вдова подписала все документы, взяла сына и ушла из своего дома. Они поселились в маленьком домике с огородом в соседней деревне, и она до смерти работала в полях на других людей.

А Жоао доучился до восьмого класса. Он был умным. Старался. Получал отличные оценки. Продолжать образование не думал. Все его мысли были о том, как помочь матери и наказать Альфонсо за смерть отца. В его самоубийство он никогда не верил.

И вот, не окончив среднюю школу, он начал ходить в деревенский гараж помогать чинить машины. Сперва смотрел и бегал за покупками, убирался, подавал инструменты. Потом ему доверили простые технические операции. Там он и получил хорошую профессию. У него оказался дар. Он брал самые тяжелые поломки, дотошно в них разбирался и всегда находил верное решение. Клиенты ценили его как отличного специалиста. Механики как талантливого мастера — своего собрата.

И довольно скоро к нему стали приезжать из других районов. А не только из нашего Белаша. Многие знали и историю семьи. Но никто не мог помочь. Но малопомалу у него появились деньги. Он продолжил учиться, начал осваивать разные современные технологии. Открыл свою мастерскую. Увлекся гонками на спортивных горных мотоциклах, собрал команду из местных ребят. И стал судиться с Альфонсо.

Кстати, когда Жоао выставляли из дома сеньора Альфонсо, как-то так получилось, что у него были сломаны два ребра и лёгкое сотрясение мозга. Он заявил в полицию. Но дело забрали в Большой Лиссабон и там замяли. Парень пробовал писать в газеты, и это слегка отсрочило время запуска нового проекта застройки, но не более. Вот такая история.

Паула молча слушала. Альфонсо ей тоже сильно не понравился при встрече. Если хотя бы половина из рассказанного Игнасио правда, Жоао действительно жаль.

Лунка восьмая

Не всяк ангел, кто в раю

1

И тут раздался неприятный рев мотора. Из-за поворота, лихо выписав дугу, явился мотоциклист, явно нарушив сразу несколько правил дорожного движения.

Подняв пыль и испортив воздух вонью бензина, он резко остановил свое чудовище почти у самого их столика. С минуту смотрел на них. Потом заглушил двигатель и слез с седла.

Он был высок. Под шлемом с эмблемой черепа оказалась копна прямых длинных черных волос, хаотично спадающих на лицо и плечи. Смуглая кожа. Тонкие черты.

Орлиный нос. «А он почти красавец, да еще в этой черной кожаной мотокуртке...» — подумала Паула.

Махнув официанту, он сел за их стол. Достал черный кожаный портсигар. Из него — сигарету. Закурил. И, с удовольствием затянувшись, выпустил струю дыма прямо в небо. Потом, убрав прядь волос с глаз и улыбнувшись уголком рта, представился:

— Жоао. Вот не ожидал, что, когда за мной приедет полиция, это будет мой приятель и симпатичная девушка. За что арестовывать будете?

Игнасио подхватился и затараторил. Было видно, что он ценит свои отношения с Жоао и не хочет их потерять.

— Привет! Никто тебя не собирается арестовывать! У моей напарницы есть пара вопросов, вот и все. Ее зовут офицер Паула.

— День добрый! — начала она разговор. — Мы пытаемся разобраться в одном инциденте, произошедшем в поселке «Белаш Клуб и Гольф». Кроме того, сеньора Альфонсо тревожит отрезанная голова его любимой собаки и он написал по этому поводу заявление в полицию. Может, слышали что-то интересное о поселке за последнее время? Или о происшествии на Кинте сеньора Альфонсо?

— Кроме того, что Альфонсо — лживый богатый ублюдок, а его начальник охраны — садист, я ничего не знаю. Как и о том, что творится в поселке этих богатеев. Мы там гоняем иногда по холмам на мотоциклах, кстати, — он кивнул на покрасневшего Игнасио, — в сопровождении полиции, но и только.

— Но! — Он поднял узловатый указательный палец. — Во-первых, мы никому не мешаем. А во-вторых, кто решил, что португалец не может ездить на мотоцикле по португальской земле?

Он улыбнулся, затянулся, его глаза сверкнули, а тонкие губы сложились в презрительную насмешку.

Ох уж эти белые рабочие парни из предместий! Первое некрестьянское поколение их семей! Паула хорошо их знала. Гордецы. Храбрецы. Они часто сперва очень сильно выпендриваются. Строят из себя шпану.

Будто на все клали болт. Но если не садятся на иглу, то пашут день и ночь, чтоб скопить денег на мотоцикл и на десяток бокалов пива в субботу. Почти все — безотцовщина. А то и вовсе — сироты. Их можно брать либо лаской, либо спокойным профессионализмом и упорством. К ласке у Паулы душа не лежала. Так что пришлось включить остальное из списка. И чуть-чуть — хитрость.

Используя свою служебную форму и прямой взгляд в глаза, она настойчиво, вопрос за вопросом, тянула из него все, что он мог знать о возможных конфликтах и неприязни среди жителей поселка. Все, что могло ему казаться важным. И как с этим мог быть связан сеньор Альфонсо. Поняв, что к нему лично у полиции вопросов нет, Жоао несколько оттаял.

Он отпил глоток пузырящегося пива из высокого бокала и заговорил более непринужденно. Начал с убийства своего отца. С того, что сотрудники полиции в упор не хотели замечать ни синяки и кровоподтеки на его теле, ни следы от веревок на запястьях.

Потом был краткий рассказ об их с матерью исходе с земли Альфонсо. О строительстве поселка на руинах разбитых крестьянских надежд. Выходило, что единственный порядочный человек, имевший отношение к строительству поселка, был сеньор Родриго, первый застройщик.

Он зарабатывал сам, но при этом помогал жителям окрестных деревень, терпящих неудобства из-за огромной стройки. Брал их на работу, асфальтировал дороги, помогал деньгами на образование детей. Но потом эта шайка буржуев и жуликов его тоже обманула и выгнала из проекта.

И теперь всем заправляют эта сволочь Альфонсо, бессовестные банкиры и чванливый испанец-застройщик.

2

Паула внимательно слушала и делала пометки.

— Жоао, а Вы знаете сеньора Родриго? Я хотела бы с ним тоже познакомиться. Слышала только хорошее, вот и от Вас тоже. Что еще Вы можете о нем рассказать?

— Я ж говорю: хороший человек. Крутой. Бывший военный. Служил в колониях в Африке. Когда случилась революция, вернулся и ушел в отставку.

Страна устала от войны и диктатуры и дарила много возможностей людям, которые хотели завести свое дело. Будучи человеком целеустремленным и ответственным, он начал работать в строительстве. Сначала сам с друзьями, потом открыл фирму и набрал заказы и людей. К сожалению, в личной жизни он оказался несчастлив: не мог с женой завести детей и взял девочку из детского дома.

Вот только жена умерла, а приемная дочь оказалась не сахар. Выносила мозг и мешала жить. Но благородный сеньор Родриго не бросил ее, отправил в частную школу-интернат, так как ему надо было много работать. Потом оплатил учебу в Лиссабоне, в университете, выдал замуж в приличную семью. И вот теперь эта бессовестная девка тоже его предала!

Семья ее мужа кредитовала строительную фирму Родриго. И они вместе с Альфонсо выгнали этого благородного человека из бизнеса, поменяв его на проклятого испанца!

Паула с немым изумлением смотрела, как этот молодой человек с искренним, каким-то юношеским максимализмом переживает за чужие интересы. Или не чужие? Что-то тревожило ее. Уж слишком близко к сердцу он все принимал.

— Дорогой Жоао, я согласна, что в жизни не хватает справедливости. Но так ли хорош этот сеньор, как Вы говорите? Вы уверены, что он действительно кому-то помогал? Чем он занимается сейчас?

— Кому-то помогал? Да вот хоть мне! Я как-то отремонтировал его машину несколько лет тому назад. Обычно господа нам бросают машину и уходят. Никто не хочет видеть грязь и нюхать масло и солидол. Но не сеньор Родриго. Пока я обслуживал его машину, он все два часа сидел со мной и разговаривал. А узнав мою историю, захотел помочь! Помог купить гараж. Дал советы, как вести дела. Даже оплатил учебу. Я всегда интересовался компьютерами — теперь я и в них спец! И все благодаря ему. Помог с юристами, когда я пытался бороться за права моей семьи. Потом лечил меня после побоев охранников Альфонсо. Он всегда верил в меня! Он святой человек!

Паула поблагодарила Жоао за потраченное время и попрощалась. Они с Игнасио сели в машину и некоторое время ехали молча.

— Если бы он был девушкой, я бы подумала, что он влюблен в этого Родриго, — задумчиво сказала Паула. — А ты знал, за чей счет куплен гараж? А что Жоао в компьютерах разбирается?

Игнасио молча покачал головой, всем своим видом показывая, что он, как оказалось, вообще слабо знал своего приятеля.

— Ладно, отвезу тебя в управление, а сама съезжу и переговорю с этим святым человеком.

Высадив напарника у участка, она завела машину и написала сообщение Гонсало с просьбой сегодня организовать встречу с сеньором Родриго. Потом подумала и написала еще одно сообщение — Димитрио.

Гонсало оперативно договорился о встрече. Паула не успела отъехать от здания полиции, как в ее телефоне булькнуло:

«Он ждет. Вместе переговорим? Или Вы сами?»

«Сама справлюсь. Скиньте контакт и адрес, пожалуйста», — ответила Паула.

3

Сеньор Родриго жил в огромной вилле за высоким забором из зеленых туй. За ними бегала и лаяла здоровенная собака.

Паула позвонила в домофон. Калитку открыл высокий статный седой мужчина, державший на поводке здоровенного мастифа. Он улыбнулся и пригласил ее пройти следом. Заперев пса в просторном вольере, он повел Паулу в дом.

— Как-то не патриотично, сеньор. Я слышала, тут многие предпочитают лабрадоров.

— Я знаю про лабрадоров все. И легенду об их происхождении. Вернее, ее португальскую версию. Как по мне, мастифы более функциональны. Я предпочитаю кормить не приятеля, а охранника.

От предложенного бокала вина Паула отказалась, но согласилась на стакан холодной минеральной воды. Они прошли в зал, где ей было предложено присаживаться на диван рядом с камином. Хозяин устроился напротив, в высоком кресле с резными ножками. Паула с интересом оглядывала помещение. Вероятно, хозяин был заядлый охотник. Большой зал украшали головы диких кабанов и медведей, волков и лис. На стене висело несколько бивней слонов. А вокруг них — разнокалиберные фотографии.

Другую стену украшала коллекция холодного и огнестрельного оружия. На полу вместо ковров грели ноги несколько звериных шкур, распознать бывших владельцев которых мог только любитель этого варварства.

— Меня попросили с Вами встретиться. Чем вызвана эта необходимость?

В словах сеньора Родриго не было высокомерия или неприязни, скорее спокойный и дружелюбный интерес. Для местных снобов, с которыми Пауле пришлось познакомиться, это было редкостью. Поэтому она убрала подальше свои шипы и как можно более доброжелательно объяснила цель своего визита.

— Благодарю, что нашли время. Как Вы, наверное, знаете, за последние несколько дней в поселке произошла череда инцидентов. Некоторые из пострадавших имели отношение к Вам. Я говорю о Вашей приемной дочери Сандре и о Магдалене, с которой Вы, возможно, были близки. Может, Вы могли бы мне сказать о Ваших догадках: куда могли деться женщины? Что или кто им мог угрожать? Может, в последнее время тут происходило что-то необычное?

Родриго сделал глоток вина из хрустального бокала на длинной ножке и промокнул губы шелковым платком.

— Пожалуйста, напомните, как Вас зовут, инспектор? Паула? Так вот, Паула, приемная дочь — это моя любовь. И одновременно — огромное разочарование. Я, конечно, переживаю за нее, но она уже взрослая женщина, и все вопросы, как мне кажется, должны быть к ее мужу. Я с ней уже больше года не общаюсь, хотя и до этого у нас были непростые отношения.

Когда умерла моя жена, у Сандры начались проблемы с психикой и она какое-то время принудительно лечилась. Однако ей это не очень помогло. И мне пришлось потратить очень большие деньги на ее обучение в закрытом заведении под присмотром медицинского персонала до поступления в университет.

Что касается Магдалены, Ваш вопрос не очень корректен, ведь она замужем. Но раз обстоятельства выше приличий, я отвечу — да. Мы были близки. Но и это было не вчера. И насколько я понимаю, у нее сейчас другой мужчина. Я не ханжа — сейчас времена изменились, — но если женщина меняет несколько любовников за год, я не удивлюсь, что она просто с очередным мужчиной куда-то уехала.

— А хозяйка магазина? Как Вы можете охарактеризовать Марту Винтуринью?

— Я не уверен, что точно понимаю, о ком Вы спрашиваете. У меня обычно покупки делает прислуга. Но если Вы про Марту — хозяйку магазина, то мне доводилось с ней встречаться. Не знал, что она ко всем своим грехам еще и Винтуринья... А что Марта? Просто старая сплетница. Она была частью пейзажа и, пожалуй, добавляла колорита нашему поселку. Выбор вин у нее был неплох, но наценка излишне высока. Без нее, видит бог, будет скучно.

Паула чувствовала, что заходит в тупик. До того мягко и элегантно собеседник уходил от ее вопросов, не реагировал на подводные камни. Она встала и подошла к стене.

— Жаль, что Вам особенно нечего мне рассказать. Но раз уж я сюда приехала, расскажите о Вашем хобби. Я так понимаю, Вы заядлый охотник?

Сеньор Родриго с улыбкой встал и подошел к Пауле.

— Ну хобби свое, или, если хотите, страсть, я не скрываю. Меня жизнь помотала по Африке и Южной Америке. Я еще с армии любил охоту. Когда мы бывали на марше, я с удовольствием разнообразил наше скудное солдатское меню. Ну а потом, когда появились деньги, я смог позволить себе охоту на более редких животных.

— Я, честно говоря, не фанат охоты и трофеев, сеньор. Но Ваши чучела животных... Они как живые! Сделаны очень реалистично. Такое впечатление, что они смотрят на нас.

— А-а-а, Вы заметили! Да! Их делает один из лучших мастеров в Португалии. Дорого, но того стоит. Но это только часть объяснения. Из расположения к Вам, офицер, открою секрет. Чтобы получить такой превосходный результат, охотник, уже выслеживая зверя и готовясь его убить, должен понимать, какая часть животного ему особенно дорога — голова, шкура... От этого зависит, как вы его убьете.

— То есть Вы не просто стреляете в животное, а еще и заранее принимаете решение, в каком месте будет дырка в шкуре?

— Совершенно верно! — с торжествующим видом заявил хозяин. — А самые редкие и дорогие результаты я добывал, используя дротики со снотворным, чтобы совсем не травмировать трофей!

— Ужас какой! Простите, но хватит про охоту. А что Вы скажете про молодого человека Жоао? Вы знаете такого?

— Жоао? Конечно. Очень перспективный молодой человек. В своей жизни я многим местным ребятам помог обрести землю под ногами. Но он самый способный.

— А как Вы можете описать ваши отношения?

— Какие отношения? Когда у меня что-то ломается, я звоню и он приезжает помочь мне. Вот и все. А почему он Вас интересует? Что натворил этот байкер?

— Нет-нет, ничего. Но, говорят, Вы помогли ему деньгами на образование, на начало бизнеса, на адвокатов... — не сдавалась Паула.

— В отстаивании правды? И против Альфонсо? Конечно, помог. Как поступил бы на моем месте каждый порядочный человек. Альфонсо — старый жадный козел. Мерзавец, который собирает вокруг себя таких же, как он, негодяев, у которых только один бог — деньги.

Я был в этой компании. Был одним из них. Потом меня выкинули из бизнеса. Но я благодарен судьбе за то, что это произошло. Теперь, глядя со стороны, я вижу, как жестоко и подло мы поступали с людьми, в том числе с местными жителями. И как могу стараюсь загладить вину, пытаюсь помогать нуждающимся. А эти стервятники какими были, такими и остаются. Только строить стали хуже. А продавать дороже. Поэтому, когда у них проблемы, я лучше сплю. Еще воды?

Паула вежливо отказалась. Она еще раз обвела взглядом комнату, и он зацепился за фото в дорогой рамке на каминной полке. Снимок выцвел. Но молодая женщина, в шляпе и с зонтиком от солнца, была на нем видна хорошо. На уголке рамки висел красивый золотой крестик с распятием, причем над головой Иисуса блестел прозрачный камень, как нимб.

Паула задумчиво подошла к полке. На ней, кроме фотографии, лежали старинная луковица карманных часов и брошь в виде серебряного жука.

— Это — моя любимая жена. И оставшееся от нее распятие. Редкая ручная работа с бриллиантом в виде нимба. Мой свадебный подарок. Уж больно набожной была... А часы и брошь — то, что осталось в наследство от родителей. Все, что мне ценно, все здесь.

Паула поблагодарила сеньора Родриго, он проводил ее к выходу, и они расстались.

4

Паула требовательно давила на кнопку дверного звонка. Дверь открыл Димитрио. Он улыбался, его русые кудри трепал сквозняк.

— Привет! Когда от тебя пришло сообщение с предложением увидеться, я решил, что это шутка. Ведь вряд ли такая занятая девушка, как ты, так быстро соскучилась. Но, судя по звонку в дверь, я ошибся.

Паула рукой сдвинула его вглубь квартиры, он впустил ее и закрыл дверь.

— Привет. Скучать особо некогда. Помнишь, ты указал мне на рукав Гонсало? По его словам, он не притрагивался к Марте. Ты, кстати, в курсе, что ее нет уже с нами?

Димитрио кивнул. Она продолжила:

— Ну так вот, мне надо ненавязчиво за ним присмотреть. Начну сегодня. И это возможно, только если я отсюда уеду. Он сразу об этом узнает. Потом ты меня подберешь в городе и мы вернемся. Но сделаем так, чтобы меня никто не видел. Как ты посмотришь на свидание с офицером полиции в машине в процессе наблюдения за объектом? Или я тебе уже больше не нравлюсь, особенно со своими идеями?

— Если во время наблюдения за объектом, как ты называешь моего приятеля, офицеру можно будет выпить стакан вина, я согласен.

На том и порешили. Паула села в машину, нарочито медленно проехала по улицам поселка в сторону выезда, чтобы как можно больше людей увидели, что полиция в ее лице на сегодня работу закончила.

Начались шестичасовые новости. Паула сидела в своем стареньком автомобиле и слушала радио, ожидая Димитрио. Новости начались с сообщения о событиях в поселке «Белаш Клуб и Гольф». Нунье, видимо, тянул до последнего, но в конце рабочего дня сдался. Довольно сухо было объявлено о несчастном случае с хозяйкой магазина Мартой Винтуриньей Гонсалвиш. Про пропавших женщин пока никто ничего не говорил.

Зазвенел телефон. Это был Игнасио.

— Привет! Тебе, наверное, будет интересно, но в крови пса Альфонсо нашли то ли снотворное, то ли что-то еще. Очень сильнодействующее. А его начальник охраны сообщил, что подрядная организация, отвечающая за видеонаблюдение, закончила внутреннее расследование, но ничего и никого не нашла. Похоже, там тупик. Завтра с утра общий сбор. Начальник сказал, чтобы ты тоже была.

5

Белый «Рено» Димитрио лет шести или семи от роду был довольно заметен на фоне роскошных автомобилей «Белаш Клуб и Гольф»: он резко выделялся своей простотой.

Димитрио припарковался по просьбе Паулы напротив дома Гонсало.

— Он дома. Я позвонил, как ты просила. Что будем делать дальше?

— Скажи, а у тебя в пакете на заднем сиденье есть что-нибудь кроме вина? Что-нибудь съедобное? А то я сегодня только завтракала.

Димитрио кивнул, достал бумажный пакет, вытащил бутылку вина и два пластиковых стаканчика. Пакет протянул Пауле, а сам занялся пробкой и штопором.

Паула нырнула в пакет, с удовольствием обнаружила там сырную нарезку, прошутто и свежий багет. Ловко соорудив сэндвич и поглядывая на дверь подъезда Гонсало, она спросила:

— Хочешь, поделюсь с тобой мыслями по поводу происходящего? Раз ты тоже решаешь часть этой загадки.

Димитрио опять кивнул и со скрипом выкрутил пробку. Глядя, как он аккуратно разливает красное вино в стаканчики, она продолжила:

— Просто, понимаешь, картины никакой не складывается. Может, если проговорить вслух, что-то прояснится? В Португалии есть странные богатые люди. И похоже, что они все живут в этом поселке. Но это не преступление. И мотива для серьезного преступления ни у кого из них, на первый взгляд, нет. Есть измены, бизнес-разборки, темные делишки, но на убийство одного или более лиц все это не тянет. Завтра здесь планируются поиски с собаками, техникой и заявлениями прессе. Если завтрашний день ничего не даст, дело может стать «висяком».

Димитрио передал ей стаканчик. Они беззвучно чокнулись и отпили. Паула откинулась на сиденье. Вино было плотным и ароматным. Глоток смочил горло и согрел грудь. Она отчетливо почувствовала, как устала за эти дни. За окном автомобиля вечер тихонько начинал обнимать поселок и гольф-поля. Тени удлинились, закат последними розовыми отблесками раскрашивал небо на западе.

Уже были видны мерцающие первые звезды и тонкий серебряный месяц. Ароматы свежескошенной травы и щебет птиц дополняли романтическую картину.

«Как, наверное, хорошо просто здесь жить», — подумала Паула.

Димитрио сидел рядом, спокойно глядя вперед и прихлебывая вино. От него веяло уверенностью в себе и тайнами. Паула поняла, что ничего не знает об этом человеке, но он ей приятен. Ей комфортно в ореоле его спокойствия. Они тихо болтали и пили вино. Он рассказал, что здесь увидел, присматривая за испанцем, на что обратил внимание. Паула — о каждом опрошенном, о своих подозрениях и сомнениях.

Димитрио внимательно слушал и задавал вопросы. Некоторыми он ставил ее в тупик. Их она записывала в блокнот. Его взгляд на вещи был абсолютно иным, чем у представителей полиции. Он обращал внимание на такие детали, которые она бы посчитала малозначимыми.

6

Вечер прокатился, как волна, и через час стало темно. Жители поселка уже приехали домой. Окна светились. С балконов слышались голоса и смех. Еще через час ровный желтый свет в окнах сменился голубым мерцанием — жильцы включили телевизоры. Дорожки обезлюдели. Собаки и их хозяева отправились по домам. Димитрио с видом фокусника достал вторую бутылку, но открыть не успел. Дверь подъезда отворилась, и в ней показался Гонсало, держа в руке что-то упакованное в продолговатый черный чехол.

Пара наблюдателей вжалась в сиденья, чтобы машина казалась пустой.

Начальник охраны внимательно огляделся, развернулся и уверенным шагом направился по дорожке в сторону гольф-полей.

— Могу ошибаться, но в руке у него, похоже, чехол с ружьем, — тихо сказал Димитрио. — Ты уверена, что должна его проконтролировать? Это может оказаться не очень хорошей идеей. С учетом того, что, возможно, у него с собой оружие, а видимость сейчас очень плохая.

— У меня с собой пистолет. Справимся. На гольф-полях темно, ему придется использовать фонарик — на его свет и пойдем.

Тихо покинув машину, они свернули на дорожку, по которой пять минут назад прошел Гонсало. Во тьме ночная птица о чем-то своем тихо ухала с ветвей, а листва едва шелестела от легкого ветерка. Больше звуков не было, поэтому даже шорох гравия под ногами казался вызывающе громким.

Они вышли к краю гольф-поля. Здесь, благодаря отсутствию деревьев, было немного светлее.

— Вон он!

Одинокий фонарик метрах в двухстах указывал направление движения объекта. Пара тихо двинулась следом. Гонсало медленно шел в сторону леса. Л уч его фонарика метался по обочинам дорожки. Тихое ночное преследование продолжалось уже больше получаса. Начальник охраны пересек все гольф-поля и вышел на тропу, ведущую в лес. Тут фонарь на миг замер. Раздался хлопок. И свет погас. Паула и Димитрио, уже не скрываясь, рванули изо всех сил туда, где секунду назад мерцал фонарь. Когда до примерного места нахождения Гонсало осталось метров десять, стали отчетливо слышны звуки борьбы. Начальник охраны с кем-то боролся на земле.

Паула выхватила пистолет. Димитрио зажег фонарь на телефоне.

— Гонсало, Вы арестованы! Руки вверх, чтобы я видела! При любом резком движении — стреляю!

В слабом свете телефона с земли, чуть пошатываясь и тяжело дыша, поднялся начальник охраны. Он медленно развел руки. Одна была пустой. В другой трепыхался здоровенный заяц. Минута полной тишины была прервана хохотом Димитрио. Он самозабвенно хохотал в португальской тропической ночи, согнувшись пополам и держась за колени.

— Так вот откуда твои кролики, Гонсало!

Спустя полчаса они сидели у Димитрио дома, смеялись и пили вино. Начальник охраны рассказал, что он разделывал очередного кролика на кухне, когда ему позвонили и поставили в известность о трагедии с Мартой. Поэтому, когда он напялил пальто и рванул на место происшествия, он и испачкал свою любимую часть гардероба.

Это был первый день из последних пяти, закончившийся смехом и товарищеской пирушкой. Паула смотрела, улыбаясь, на смеющихся мужчин, рассказывающих байки из своего прошлого, и старалась не думать о том, что им принесет завтра.

Девятая лунка

Игра в смерть

1

Утром, на очередном совещании, старший следователь Нунье объявил, что все согласования получены и приготовления к плотному прочесыванию лесного массива будут закончены после обеда.

Следом, в районе двух часов, планировалось перекрыть все возможные выезды и тропы из леса и призвать жителей близлежащих населенных пунктов избегать посещения этой территории в указанное время.

Отпустив оперативников, Нунье собрал старший состав в переговорной для подведения промежуточных итогов. Паула коротко доложила о проведенных встречах и о вчерашнем инциденте с Гонсало, не упоминая Димитрио. Это слегка разрядило рабочую обстановку, все от души смеялись. Даже суровый Нунье улыбнулся, заметив, что никто не может запретить португальцу оставаться португальцем и сэкономить немного денег с помощью браконьерства.

Неопрошенным остался только испанец — директор строительной компании. Его Пауле и поручили опросить. Нунье считал, что женщин найдут в лесу, так как за прошедшие дни они нигде больше не появились. Ни живыми, ни мертвыми. Поэтому, уточнив задачи, все разошлись.

Паула сидела в практически пустом управлении и собирала в единый файл свои заметки, результаты опросов, вопросы, на которые в ближайшее время нужно было ответить.

Один из них задал Димитрио. Когда он спросил, на базе какого оборудования и программного обеспечения построена система видеонаблюдения сеньора Альфонсо, она не смогла ответить. Для нее важно было наличие или отсутствие данных видеорегистрации. Но в Димитрио чувствовалось непраздное любопытство, и он пообещал, что, если его версия подтвердится, он поделится ею с Паулой. Поэтому она вошла в общую базу данных по этому делу. Видеосистему и программное обеспечение у сеньора Альфонсо и на территории поселка поставил китайский производитель «Махуа».

Отправив эту ничего для нее не значащую информацию своему новому знакомому, она начала просматривать ответы на запросы и информацию других оперативников. В числе прочего пришли медицинские карты пропавших. И если в карте Магдалены ничего, кроме описаний нескольких пластических операций, не было, то у Сандры имелась информация о постоянных посещениях психолога. Паула нашла адрес специалиста, лечившего ее, и направила запрос о причине посещений.

Она смотрела на ворох бумаг на столе, на множество раскрытых документов на экране ее компьютера. Что-то тревожило, неуловимо пролетало мимо, и она не успевала это поймать. Поэтому она снова и снова, страница за страницей читала протоколы опросов, допросов, описание мест преступлений и жертв. В какой-то момент, просматривая опрос сеньора Альфонсо, она снова увидела фразу, что крестьянам были предложены хорошие условия и денежные компенсации, чтобы они покинули земли, планируемые под застройку.

«Как же! — подумала Паула. — Добровольно! А как же отец Жоао, повешенный в погребе собственного дома?» Она пробежала пальцами по клавишам и вывела на экран то старое дело. Перечитала его и отметила явное невнимание к деталям полицейского, который описывал место преступления. Затем открыла показания начальника службы безопасности «Белаш Клуб и Гольф» по части проведения поисковых работ, в том числе на территории заброшенных ферм. В описании не было никаких подвалов или винных погребов. Она набрала Гонсало:

— День добрый! Один вопрос. Вы, когда вели поиски своими силами и искали пропавших в лесу, развалины ферм тщательно проверяли?

Гонсало уверенно подтвердил.

— А подвалы и колодцы?

— У двух ферм были старые колодцы. Мы их проверили. Они давно высохли и пусты. А ферма, что принадлежала семье Жоао, расположена на берегу большого ручья, он не пересыхал никогда, поэтому у них колодца и не было.

— А подвалы, винные погреба?.. — начала Паула.

Но Гонсало ее прервал:

— Какие подвалы и винные погреба у крестьян? Паула, не фантазируйте. Кроме кучи камней по контуру зданий, там ничего нет. Мне надо бежать по своим делам. Вы знаете, что сегодня после обеда начнется. А мы в этом тоже участвуем. Если что-то еще будет нужно, звоните. — Он отключился.

Паула сидела откинувшись в кресле. Кровь прилила к лицу и стучала в висках. Был всего один шанс, что она случайно вытащила из колоды недостающую карту. И не поставить на нее в этой ситуации она не могла. Если допустить, что женщины еще в том подвале и, может быть, живы, как только Нунье объявит о поисках, злоумышленник может постараться замести следы. И свидетели ему точно будут не нужны.

Она взглянула на часы. До начала полицейской операции оставалось менее часа. Достав из сейфа служебный пистолет, она рванула в сторону «Белаш Клуб и Гольф».

2

Птицы весело и азартно пели. Приятный перелив их голосов доносился со всех сторон. Весна всегда остается весной, даже если перепады температуры от сезона к сезону едва заметны.

Стены старой фермы красиво расцвечивали лучи солнца, проникавшие через кроны деревьев. Крыши у дома не было. Как, впрочем, и окон с дверями. Паула прошла через обвалившийся местами каменный забор, собранный из круглых валунов. Зашла внутрь. Там ее встретили голые стены да обломанные ветки с жухлой листвой на каменном полу. Она внимательно, метр за метром осмотрела пол, но нигде не было и намека на вход в подвал.

Дом был простейшей прямоугольной формы, состоявший из двух помещений. Тогда она попробовала его обойти по периметру. И тут разочарование. Дом был построен практически вплотную к склону высокого, густо заросшего молодыми эвкалиптами и шипастым кустарником холма. А промежуток между его стеной и склоном был завален валунами из останков забора и старым гнилым брусом — бывшими стропилами. Попытка обойти строение с другой стороны тоже не дала результата — сплошь колючие заросли. Не то что пронести или протащить за собой что-то, даже просто пройти невозможно.

Паула в разочаровании выбралась из развалин, отошла на несколько метров, села на большой камень и закурила, задумчиво глядя на старый дом. Неужели она ошиблась? Но ведь Жоао точно рассказал, где нашел тело отца. Так где же подвал?

И вдруг она вспомнила, чему ее учили в академии коммандос. Там говорили, что нет неприступных объектов, есть лишь слабое изучение их на местности. И требовали найти и занять высоту, господствующую по отношению к объекту. Паула бросила сигарету и начала как можно аккуратнее карабкаться по склону вверх. Собрав все колючки и уверившись в мысли, что сотрудники Гонсало вряд ли готовы на такие подвиги, она оказалась на поросшей высокой травой вершине холма.

Старая ферма была прямо под ней. От задней стены к Пауле шла едва заметная тропинка. Дом вжимался в холм, и лишь благодаря неровностям склона у него был маленький двор. Не больше двух метров шириной и метров семи в длину. Тень дома не давала рассмотреть, есть ли там дверь или вход в подвал.

Секунду подумав, она набрала Димитрио. Длинные гудки были ей ответом. Тогда она стала звонить Игнасио. Напарник ответил, но от предложения подъехать и вместе проверить объект отказался.

— Да я бы и рад! Но зануда Нунье расставил нас всех на машинах в патрули на возможных въездах в лесной массив и выездах из него. И знаешь... Не лезла бы ты туда одна. Может, там провал в земле? Или еще что похуже? Я тебе как друг не советую, а как коллега запрещаю туда одной соваться. Что, трудно дождаться, пока у здоровенных мужиков из поисковых отрядов дойдет очередь и до этого места?

— Спасибо, Игнасио! Согласна. Никуда не полезу. Обещаю.

— Поклянись мамой!

— Мамой? Не хочу. Клянусь моим пистолетом! И лысиной нашего начальника, которую тот прячет под париком.

— Идет! Тогда я спокоен за тебя, как танк.

— Спасибо, ты настоящий друг!

3

Спуск был удобный. Кто-то постарался и превратил естественные выступы камней и корни деревьев, торчащие из склона, в ступени. Едва она ступила во двор, дом сразу загородил все пространство, будто молча навалился на нее своей старой, поросшей мхом стеной. Серая, неровная, сложенная из огромных валунов и колотого камня, она вся была в трещинах. Но, похоже, даже без намека на вход. Чуть правее от места, где Паула спустилась, к ней был прислонен стоймя невероятно старый, гнилой и грязный поддон. Она подошла. Отодвинула его. И глянула в открывшийся сумрак.

Прямо за ним было углубление в земле с остатками ступеней. А ниже — малозаметная, замшелая старинная дверца на ржавых петлях и высотой не больше полутора метров.

Паула толкнула дверь. Та со скрежетом приоткрылась. Пахнуло сыростью и плесенью. Густая тьма смотрела на нее изнутри. Она вздохнула, вытащила пистолет, сняла с предохранителя, включила фонарь на телефоне и ногой полностью распахнула створку.

Помещение было очень большим. Видимо, бывший винный погреб. Фонарик освещал ближайшие два-три метра, не больше.

Паула посветила под ноги. От двери до пола около двух метров. Из стены торчат ржавые железки, видно остатки лестницы. И ни звука. Она поставила пистолет на предохранитель и сунула в кобуру. Одной рукой взялась за проем двери, заглянула внутрь как можно глубже. И где-то в полуметре увидела деревянную лестницу, прислоненную к стене. Опираясь о пыльные камни, она свесила ноги в проем и стала пытаться нащупать ими лестницу. Когда ей это почти удалось, Паула краем глаза увидела сбоку движение. Инстинктивно поднятая рука с телефоном слегка прикрыла лицо от удара ногой.

Телефон вылетел, плечо впечаталось в ребро двери, склизкая лестница ушла из-под ног. Проваливаясь во тьму, она закричала и попыталась правой рукой за что-нибудь схватиться. Пальцы тщетно скребли кладку, но кисть застряла между камней. Паула повисла на кисти, болтая ногами в тщетных попытках почувствовать почву под ногами. Левой рукой она пробовала дотянуться до кобуры, но и это не удалось. Боль от зажатой кисти была такая, что казалось, рука вот-вот оторвется. Нападавший спустился к двери. Кровь заливала лицо, но она отчетливо увидела форменные серые полицейские брюки и черные ботинки. «Какого черта! Что происходит!» — кричало ее внутреннее я, пытаясь, несмотря на боль, осмыслить происходящее.

Человек присел на корточки. На нее смотрело безликое забрало мотоциклетного шлема. Она продолжала бороться. До кобуры не достать! Надо подтянуться — ухватиться левой рукой за порог, чтобы снять нагрузку с правой.

— Зря ты сюда полезла, — глухо прозвучал голос из-под шлема.

В руках, скрытых длинными черными кожаными перчатками, появился какой-то предмет. Тускло блеснула игла.

4

Тут нападавший вскрикнул, завалился на бок, крутанулся, вскочил и исчез. С улицы раздались крики и шум борьбы. Паула из последних сил подтянулась на левой руке, вытащила правую из зажима и рухнула спиной на каменный пол.

Несмотря на жесткое падение, она тут же инстинктивно достала пистолет и сняла с предохранителя. Правая рука дрожала так, что пистолет болтался. Она перекинула его в левую, навела на дверь и попыталась правым рукавом вытереть лицо. Кровь заливала глаза. Мир расплывался. Дверь двоилась.

Шум снаружи стих. В проеме возник силуэт.

— Паула, ты жива? Скажи что-нибудь! Этот урод убежал... — раздался голос Димитрио.

Продолжая целиться в проем, она сказала как можно громче:

— Хорошо, что сбежал. Ты видишь мой телефон? Если видишь, положи его на порог и отойди. У меня плохое настроение. И я могу выстрелить.

Силуэт переместился. А телефон лег на порог.

— Так, а теперь отойди, чтобы я тебя видела. Встань напротив двери.

Шаги зашуршали прочь от проема. Со стоном Паула поднялась, не отводя пистолета от пятна света. Подошла к стене и приставила упавшую лестницу. Аккуратно поднялась по перекладинам, готовая в любую секунду спустить курок, и выглянула. Димитрио сидел напротив на камне и внимательно смотрел на нее. На нем были синие джинсы и белые кроссовки. Она поставила на место предохранитель.

— Дай руку.

Димитрио аккуратно помог ей вернуться в мир света и тепла. Паула сидела на земле, прислонившись спиной к шершавой старой стене. Правая распухшая рука плетью висела вдоль тела.

Димитрио только что вылез из подвала и показал ей фотографии двух тел, замотанных в черную пленку и лежавших там, в глубине. И теперь она без эмоций, как будто мертвым голосом докладывала шефу про нападение. О том, что, скорее всего, нападавший имеет отношение к полиции. Что он скрылся на мотоцикле. И что они с Димитрио, скорее всего, нашли пропавших женщин. Тот выслушал и сказал, что объявляет перехват, а ей приказал дежурить на месте до приезда криминалистов.

Димитрио осмотрел ее лицо и руку. Паула внимательно наблюдала, как он спокойно и без суеты помогает ей. И похоже, он остался доволен.

— Будешь жить, — улыбнулся он. — Переломов и травм, не совместимых с жизнью, не обнаружено.

— Ты мне ничего не хочешь рассказать? Например, про то, как ты здесь вовремя оказался?

Он присел рядом. Раскурил две сигареты. Одну аккуратно вставил в ее разбитые губы. Второй затянулся сам.

— Видишь ли, когда я вел свое расследование в попытке защитить заказчика и выяснить причину его проблем, то обратил внимание на одну вещь. Прямой связи между ней и ситуацией не было, но мой опыт подсказывал: это надо проверить.

Когда сеньор Хуан меня нанял, он уже получал угрозы в свой почтовый ящик и кожаный верх его кабриолета уже был порезан. Первое, что я сделал, — начал просматривать записи. Так вот, за полчаса до инцидента с кабриолетом камера погасла. На видеорегистраторе, в истории сработок и неисправностей, есть запись об ошибке. Если бы не порезанная крыша, Хуан и не знал бы, что камера какое-то время не работала. Это могла быть и просто ошибка в программном обеспечении или скачок напряжения. Но могла быть и внешняя атака.

С угрозами еще занятнее. Камера расположена достаточно далеко от калитки с почтовым ящиком. Ее разрешение не позволяет детально рассмотреть лица людей на улице за забором. Так вот, злоумышленник всегда дожидался, когда мимо будет кто-то проходить или будут что-нибудь делать рабочие, то есть когда на камере будет суета, много объектов и непонятно, откуда он пришел или на чем приехал, один или с кем-то.

Хуан, просмотрев записи, махнул рукой. А я увеличил лаг времени. И вот что обнаружил: за час до события, кроме разных транспортных средств, мимо калитки всегда проезжал мотоцикл. Причем необычный. Для горного мотокросса. На таком не по всем видам дорог общего пользования разрешено ездить.

Я ненавязчиво спросил об этом нашего начальника охраны. Тот сказал, что по поселку им ездить запрещено и он эту публику гоняет. Хотя никакого вреда, кроме шума, от них нет. И подсказал, что в соседней деревне есть гараж, где эти парни тусят и ремонтируют технику. Я тихонько покрутился там, посмотрел, пообщался, сфотографировал основных.

— И кто, ты думаешь, у них лидер? Жоао! Он же владелец гаража. А вот и остальные...

И Димитрио начал на телефоне показывать снимки. Лица были незнакомые, но на одном она узнала своего напарника Игнасио и вспомнила, как он говорил ей о своем увлечении мотокроссом.

— Ну так вот, — продолжил рассказ Димитрио, — я отследил их основные маршруты. Именно те, что идут по территории «Белаш Клуб и Гольф». Пришлось походить по лесу, по тропам, где они гоняют. И вот я вышел на вершину одного из холмов. Смотри, это здесь, — он открыл гугл-карту, — а вот здесь интересную поляну нашел.

У них там что-то вроде места общения, следы от костра, хотя все прибрано. Но я обратил внимание на две вещи. Во-первых, там самый лучший сигнал сотовой связи в округе, а, во-вторых, весь поселок, поля, дорожки полумесяцем охватывают эту точку. Это значит, что если у тебя мотоцикл и ты знаешь лес и его тропы, то можешь оказаться в любой точке за пять минут.

Дальше. После пропажи женщин и нашего знакомства я узнал, что, несмотря на довольно оживленный трафик из спортсменов, гуляющих, бегунов и велосипедистов, никто не видел момент инцидента с этими несчастными. А это почти мистика. Почти — если не использовать фотоловушки для охоты с сим-картой для передачи данных. Или не перенастроить в подобный режим мобильные видеокамеры с питанием от солнечных батарей. В таком случае ты можешь отследить временны́е отрезки, когда твой объект оказывается вне зоны возможной встречи со случайными прохожими.

Если допустить такой сценарий, наш злодей не только знал, на кого охотиться. Он еще день за днем сидел и ждал совпадения данных факторов, зная обычное ежедневное расписание жертв и контролируя отсутствие других людей в получасовом промежутке. Чтобы до них доехать, схватить и увезти.

Кстати, мотоциклы для горного мотокросса достаточно мощные, чтобы перевезти вес, равный двум пассажирам. Я проверил параметры. И снова мысленно пришел к тому, что здесь, возможно, работает специалист в сфере айти или видеосистем и, возможно, перемещается на мотоцикле. Ну а точку в моих размышлениях поставил твой рассказ о сеньоре Альфонсо и его собаке, потерявшей голову от восторга при встрече с нашим маньяком. Там опять камера отключилась.

Я получил от тебя название производителя оборудования и программного обеспечения для систем видеонаблюдения, использующихся в поселке, в том числе Хуаном и Альфонсо. Это «Махуа». Наш злоумышленник работает в обслуживающей организации или в представительстве производителя. Там, где он может получить с помощью мастер-ключа доступ к конкретному устройству интересующего его пользователя. Причем после этого доступ он может получить, даже находясь снаружи объекта. Надо просто взломать сеть вайфай или узнать от нее пароль. А это несложно.

Также я знал, что сегодня в обед объявят и начнут поисковую операцию в лесу. Следовательно, злоумышленник начнет дергаться. Одно дело — лентяи сеньора Гонсало, другое — профессионалы с собаками и оборудованием. Плюс перекрытые выезды из лесного массива.

Если бы я был на месте нашего злоумышленника, то начал бы волноваться. Вот и двинул к известной мне поляне проверить догадку. Там был всего один человек в полицейской форме и в шлеме. Я час наблюдал за ним, а он час смотрел в телефон. Как я сейчас понимаю, следил за тобой. И как только он увидел, что ты нашла сюда дорогу, начал действовать.

Ты звонила мне. Но ответить я не мог, боясь привлечь его внимание. Когда же он вскочил и рванул на мотоцикле, я понял, что, скорее всего, расстояние не больше пары километров, и побежал следом на звук двигателя. А дальше — уже со склона — увидел ваше нежное общение и постарался успеть помочь.

Все, что мне удалось, — просто сбить его с ног. Он оказался вертким. И к тому же — с крепким шлемом.

Димитрио потер сбитые костяшки пальцев и продолжил:

— А еще этот гад упорно хотел воткнуть в меня вот это. Так что пришлось его разоружить. Как только я выбил вот эту штуку, он сбежал.

Димитрио аккуратно раскрыл носовой платок. На нем лежал предмет, похожий на шприц с длинной иглой.

5

Сперва приехала полиция. Потом — скорая и медэксперты. Паула сидела в машине скорой помощи, ей умело фиксировали руку и что-то кололи, чтобы голова меньше болела и не кружилась.

Из подвала вынесли Магдалену и Сандру. Это их тела Паула нашла в проклятом подземелье.

Димитрио подошел к ней и предложил отвезти домой.

— Нет, спасибо, — ответила она. — Но пожалуйста, помоги мне. Похоже, какое-то время я не смогу пользоваться правой рукой. Так что давай надиктую текст моего завтрашнего доклада, а ты отправь его в мою личную почту. Вот адрес. И позвони Хуану. Я хочу с ним переговорить. Мне нужно, чтобы о смерти любимой он узнал от меня. Хочу уговорить прийти на опознание, а без моего ходатайства его не пустят. У них нет официальных отношений. А потом посмотрим, куда меня отвезти. День еще не закончен...

Димитрио кивнул и, отойдя в сторону, начал звонить. Паула подумала и, достав телефон, написала левой рукой Игнасио: «Я все-таки их нашла. Хоть и поздно».

Потом откинулась на спинку сиденья и закрыла глаза. Она так хотела их спасти, а оказалась статистом в постигшей их трагедии. И уже ничего не могла сделать. Только покарать преступника. Паула сжала зубы, рывком вышла из машины и подошла к Димитрио:

— Дозвонился?

Он утвердительно кивнул и передал ей телефон.

Полицейское управление встретило Паулу дежурными приветствиями. Но почему коллеги прятали глаза, отворачивались или делали вид, что не видят ее?

Впрочем, череда вчерашних событий, усталость и тупая боль в руке не способствовали желанию выяснить, в чем причина. Она тихо прошла мимо всех и села за свой стол. А когда начала разбирать бумаги, увидела: за столом Игнасио сидит незнакомый офицер из группы Нунье и внимательно глядит в экран его компьютера.

— Привет. А Вы чего шаритесь в чужом хозяйстве? — бесцеремонно спросила она.

— Да вот, понимаете ли... — ответил тот очень уважительно и повернулся к ней, — начальство велело срочно найти определенную информацию. Ее ждет руководство. Как и Вас.

Окинув взглядом неразобранный бардак на столе, она встала и направилась к кабинету шефа. Там ее ждала компания в лице ее непосредственного начальника, старшего следователя Нунье и еще одного офицера в возрасте. Ей подчеркнуто вежливо предложили сесть.

— Доброе утро, Паула. Если оно доброе... Офицер, которого Вы не знаете, — сеньор Мигель. Он глава отдела внутренней безопасности полицейского управления Лиссабона, борется с коррупцией и прочими нарушениями среди полицейских. Похоже, мы нашли убийцу. Очень неприятно это говорить, но он из сотрудников этого участка. И Ваш напарник.

Паула круглыми глазами смотрела на него. Желудок потянуло к полу. В ушах зазвенело. Все курили. Она, не спрашивая разрешения, тоже достала сигарету, Нунье поднес ей огонек.

— Как только Вы сообщили, что на Вас напал человек в форме и скрылся на мотоцикле, мы сразу объявили перехват. Все дороги и тропы перекрыли наши люди. Одну из них — Игнасио на служебной машине. Во время переклички он не ответил. К нему на помощь отправили патруль. Но ни его, ни машины там не было! А только брошенный горный мотоцикл в кустах.

Мы объявили перехват по всем трассам, но сразу его не нашли. И только просматривая камеры, увидели: его автомобиль сворачивает с дороги общего пользования к кладбищу соседнего городка в десяти километрах отсюда. Мы уже знали: Вы обнаружили трупы. На место предполагаемого нахождения Игнасио выехала группа захвата. Они нашли его. Он сидел в машине. На кладбище. Рация включена. Вероятно, следил за нашими действиями. Сам он был мертв. Застрелился. Из служебного пистолета.

Похоже, хотел вывезти трупы. А Вы помешали. Потом он хотел удариться в бега. Но понял: вариантов нет. И выбрал смерть.

— В машине что-нибудь нашли?

— Только это. Узнаёте?

Шеф передал Пауле телефон с фотографиями. Та увеличила изображение и долго рассматривала шлем и перчатки, потом, кивнув, вернула телефон.

— Да, это было на нем. Вернее, на нападавшем. Но это не мог быть Игнасио! Я его хорошо знала. Он на такое неспособен!

— Все найденные предметы, в том числе мотоцикл, опознал Жоао — владелец гаража. Это вещи Игнасио. Они сплошь в его отпечатках. И других нет. Считаю дело закрытым. Надо сделать заявление прессе и успокоить общественность. Сегодня пройдут опознания женщин — сделаем заявление и закроем дело. А сеньор Мигель будет вести внутреннее расследование: выяснять мотивы Игнасио. Учтите, к нам, полиции, скоро будет много вопросов. Сегодня разбирайте бумаги. Доделывайте и сдавайте дела. А с завтрашнего дня Вы в отпуске до конца служебного расследования.

Паула на нетвердых ногах вышла из кабинета. Прошла к своему месту. Машинально включила компьютер. И какое-то время сидела вот так, ничего не понимая и молча глядя в монитор. Внутри была пустота. Но где-то на самом ее дне тлел уголек ярости. На себя. На то, что она не спасла этих женщин, хотя была так близко. На свое начальство и коллег, которые так легко поверили в версию о вине Игнасио и предали сослуживца. И еще — на Игнасио, который не позвал ее на помощь и не пришел на помощь ей.

Она была уверена: приди он — и был бы жив. Был бы... От сослагательного наклонения подташнивало, вены на висках пульсировали. Она посмотрела на часы. Девять тридцать утра. Ее отстраняют с завтрашнего дня. Значит, еще есть время.

6

Коридор морга был холодный и безликий. Белая плитка, белый свет люминесцентных ламп. Прямо какой-то путь между жизнью и смертью.

На маленькой скамейке перед дверями сидели двое. Один молчал, закрыв лицо руками и опершись о колени. Второй, с русой кудрявой шевелюрой, что-то тихо ему говорил.

Паула подошла стремительным шагом и, дабы пресечь возможные сантименты, с ходу и жестко повела в танце:

— Всем здравствуйте. Димитрио, сеньор Хуан. Вы знаете, зачем мы здесь. Сейчас Вы проведете опознание, сеньор. Также Вам покажут вещи потерпевшей, которые были у нее с собой. Пожалуйста, сообщите, все ли на месте. Димитрио подождет здесь. Пойдемте.

Она развернулась на каблуках и прошла в морг. Хуан последовал за ней. Они подошли к центральному столу. Рядом скучал патологоанатом. Поздоровавшись, он откинул покрывало. Хуан дрожащим голосом подтвердил личность потерпевшей. Ему передали коробку, где в отдельных пакетиках лежали вещи Магдалены.

— Не все. Не хватает моего подарка — цепочки с крылом ангела, — всхлипывая, произнес Хуан.

Выставив его за дверь и передав Димитрио, Паула подошла вплотную к патологоанатому и спросила, глядя прямо в глаза:

— А теперь скажите мне, что я прочитаю позже в отчете. И то, что вам не дадут там написать.

Врач угрюмо вздохнул. Снял очки. Протер их о подол халата. И сказал:

— Смерть от передозировки какого-то вещества. Точнее пока сказать не могу. Слишком много дней прошло. Я отправил образцы в лабораторию криминалистам. Жду результат.

У обеих женщин присутствует след от укола. Иных травм нет. Нет и следов борьбы. Возможно, они знали нападавшего. Кстати, у Сандры пропало распятие, которое, по словам ее мужа, досталось ей от матери. И с которым она не расставалась. Теперь вот выяснилось, что и у Магдалены тоже пропала личная вещь. Я изучил останки собаки сеньора Альфонсо. Ее усыпили. И расчленили. Интересно то, что в шприце, который мне передали после нападения на тебя, я нашел сильнейшее нервно-паралитическое отравляющее вещество. Такой шприц можно заряжать в специальное ружье. Ими пользуются биологи, исследующие и спасающие животных. Или браконьеры.

Кстати, доза в шприце для человека смертельна. Не удивлюсь, если в погибших мы найдем остатки того же вещества.

Слушай, я не следователь, но то, что случилось с Игнасио... мне кажется странным. И не похожим на твоего напарника. Он был парень добрый и бравый. И точно не любил шприцы. Помнишь, как его укусила собака ангольца-наркодилера? Так вот, я сделал ему укол от бешенства. А он при виде шприца чуть в обморок не упал. А пса пристрелить не дал. И отвез в приемник. Такой человек был. Так что готов поспорить — это не он.

Кстати... у него на шее, сзади, тоже след от укола. Едва приметный. И свежий. Но Нунье запретил об этом говорить, столичные начальнички хотят закрыть это дело. Уж больно громкое. Себе повесить медальки. А всех собак — на нашего старика начальника.

Паула молча обняла врача. И вышла из морга.

7

Отправив Хуана горевать домой, Паула схватила Димитрио за рукав и потащила к шефу. Ярость разгоралась и жгла ее как пожар. Сеньор Альваро с удивлением встретил их, но, увидев выражение лица Паулы, пригласил в кабинет и согласился выслушать.

— Сеньор, у нас проблема. Скомпрометирован мой коллега и напарник. И Ваш сотрудник. А следовательно, Вы и ваш участок. Между тем я могу доложить о том, что объединяет четыре трупа и покушение на меня.

Брови шефа поползли вверх. А усы одновременно опустились.

— Что же это?

— Отметины от уколов на жертвах. Шприц, который я передала после нападения на меня, и следы от отравляющего вещества в органах собаки. Зачем Игнасио перед самоубийством колол себя в шею? Да еще сзади? Шприца рядом с ним не нашли.

— Стоп, стоп, стоп! О каком шприце речь?

— Так Вам не сообщили? Доктор в морге нашел на шее Игнасио свежий след укола. И второе... — Она повернулась к Димитрио. — Встань. Ты боролся с нападавшим — какого он роста?

— Шлем был на уровне моего лица. Плечевой пояс тоже. Мы обменялись ударами. Я хорошо помню его габариты. Во мне 180 сантиметров, — значит, рост нападавшего от 175 до 185.

Паула повернулась к начальнику:

— Игнасио был моего роста. А во мне — неполные 165. Так что преступник — не Игнасио. А тот, кто его решил подставить.

Кроме того, у всех жертв отсутствуют следы борьбы, — возможно, они знали убийцу. А Игнасио ни с кем из пропавших женщин знаком не был. Он не общался вообще ни с кем в «Белаш Клуб и Гольф». Я выслала его снимки и номер личного автомобиля начальнику охраны Гонсало. Ни он, ни его люди ни разу его в поселке не видели.

При этом обе жертвы бывали в доме сеньора Родриго. А тот часто общался с Жоао. Молодой человек, по его словам, иногда помогал дома с техническими и инженерными вопросами. То есть жертвы могли знать Жоао. Игнасио тоже его знал. Они были приятели.

Тела нашли в подвале дома, ранее принадлежавшего семье Жоао. Сеньор Родриго — охотник и любитель делать чучела животных, и я не удивлюсь, если он на охоте мог использовать это вещество и рассказать об этом молодому человеку.

Выкрасть что-то из дома, особенно если тебе доверяют, — дело техники. Отец Жоао повесился или был повешен при участии вольном или невольном сеньора Альфонсо. Сам Жоао пострадал от него, пытаясь добиться справедливости. Вот и мотив припугнуть, используя любимого пса. Жоао получил образование в сфере «айти». Я послала запрос. Скоро мы узнаем, в какой компании он работал и в чем специализировался. Только специалист мог дистанционно отключить камеры Хуана и Альфонсо в момент совершения преступных действий.

Также Димитрио считает, что отсутствие свидетелей нападения на женщин — это прямое доказательство либо чуда, либо использования фотоловушек или видеокамер на дороге из поселка в «Белаш». Кроме того, Димитрио видел, как нападавший, возможно, наблюдал за мной, используя какую-то программу в телефоне. Но в телефоне Игнасио, кроме почты, мессенджеров и социальных сетей, ничего нет. И кстати, когда его рабочий компьютер просил обновлений, я всегда помогала, так как он в этом совсем не разбирался. Так что я не удивлена, что Жоао опознал все вещи Игнасио, которые, возможно, хранились в его гараже. Так же, как и личные вещи для мотокросса других членов команды.

Сеньор Альваро, все больше багровея в течение рассказа Паулы, мрачно произнес:

— Если что-то крякает как утка, ходит как утка, то, возможно, оно утка и есть. Найди Жоао! А я тем временем получу разрешение на его задержание и обыск в его гараже. Только возьми оружие и напарника. Привлекать свидетеля в качестве охраны — дело Богу не угодное. Вдруг с ним что случится — кто бумажки нам подписывать будет?

— Я отвезу его домой, а сама займусь поисками, — отрапортовала Паула.

В машине, по дороге к «Белаш Клуб и Гольф», Димитрио скромно сказал, глядя перед собой:

— Давай сделаем вид, что ты меня уже отвезла. У меня личные счеты с этим парнем. Он принес много горя моему нанимателю. Разбил знакомой красотке личико. А кроме того, мы не закончили спарринг.

— А кто сказал, что я тебя везу домой? — тихо спросила Паула и сжала руль так, будто хотела сломать.

8

— В гараже его нет. Уехал куда-то. Когда вернется — не сказал. Вот и вся информация из гаража. Парни простые — не похоже, что врут. — Димитрио вернулся в машину и посмотрел на Паулу. — Передай его номер коллегам. Пусть посмотрят локацию. По привязке к сотовым вышкам.

Она кивнула и сбросила номер в оперативный центр с пометкой «Срочно». Ей тут же перезвонили и, подтвердив срочную обработку, сообщили, что в офисе ее ждут ответы от психиатра Сандры и налоговой по месту работы Жоао.

— Будьте добры, зачитайте информацию по Жоао.

— Представительство корпорации «Махуа» в Португалии. Офис в Лиссабоне. Работал около года программистом. Недавно уволился, — повторяла она за говорящим, глядя на Димитрио.

— Спасибо, коллега, — сказала она в трубку и отбила звонок. — Димитрио, твоя догадка подтверждает мою версию. Надо объявлять его в розыск.

Тот кивнул. А Паула набрала шефа:

— Жоао в гараже нет. Никто не знает, где он. Подтвердилась информация о связи подозреваемого с технической компанией, благодаря чему он мог получать доступ к охранным видеосистемам. Я передала данные в оперативную группу. Они определяют локацию. Но я думаю, надо объявлять в розыск. И как можно скорее. Он опасен. И может угрожать Хуану или Альфонсо или попробовать спрятаться у Родриго. А это может серьезно ухудшить ситуацию. Еще жертвы или заложники нам не нужны. Принимайте решение, сеньор!

Услышав ответ, она сбросила звонок и, немного подумав, набрала Родриго:

— День добрый, сеньор. Вы один? Жоао заходил или звонил Вам сегодня? Ну и хорошо. Если позвонит, постарайтесь узнать, где он. И сообщите мне. Но сами ни при каких обстоятельствах с ним не встречайтесь. Пока я не разберусь и не сообщу Вам. Это может быть опасно.

Она повесила трубку.

— Димитрио, ты же разбираешься в системах видеонаблюдения? Не хочешь бесплатно поработать на полицию?

— Да пожалуйста. Всех денег не заработаешь. Если на первом с тобой свидании ты меня допрашивала... На втором — мы следили за подозреваемым... Может, работа на полицию в этот раз закончится поцелуем?

Он засмеялся. Паула смотрела на этого сильного мужчину. Ей нравилось, как он облекает мысли в слова. Нравилась его мужская, но не пошлая прямота. Захотелось послать все к чертовой матери, спрятаться в его берлогу и не вылезать из объятий.

— Ну зачем ждать, когда работа закончится? Пришло время для аванса.

Она зафиксировала ручной тормоз. Повернулась к нему. Властно обняла за шею и плечи. И впилась в его губы страстным и грубым поцелуем. Он плыл с ней по течению, но гораздо нежнее. Придерживал ее лицо за смуглые щеки, запускал пальцы в волосы. Когда его губы на миг освобождались, он, глядя ей прямо в глаза, шептал что-то нежное и страстное на незнакомом языке.

9

Офис «Махуа» располагался в новом и состоятельном районе Лиссабона — Парке Наций. Множество красивых современных зданий, красивая набережная, просторные тротуары — все это ничуть не напоминало старинный традиционный облик Лиссабона.

Они вошли в здание и, предъявив удостоверение Паулы, попросили встречи с кем-нибудь из руководства. Очень оперативно их согласились принять и провели в большую и светлую переговорную на одном из последних этажей с прекрасным видом на реку Тежу. В переговорной их ждали двое: деловой сеньор лет пятидесяти, в дорогом костюме, окутанный облаком мужских духов, и неприметный азиат, скромно сидящий у стола в дальнем углу со стаканом воды.

Когда с приветствиями было покончено, Паула ультимативно потребовала предоставить информацию о клиентах, которых обслуживал Жоао. А также предоставить любую помощь по мере необходимости.

В свою очередь, португалец безапелляционно заявил, что ничего не предоставит и сотрудничать не будет, пока не получит решение суда. Да и это решение его юристы, возможно, оспорят.

Градус перепалки поднимался. Взаимопонимания не было и в помине. Призывы к гражданскому долгу ничего не давали. Димитрио внимательно наблюдал за происходящим, не вмешиваясь в разговор. Внезапно азиат выразительно кашлянул, и большой начальник мгновенно замолчал.

— Разрешите представиться. Меня зовут Гуан Линь. Я отвечаю в Португалии за развитие бренда. И мне совершенно не нужно, чтобы в прессу утекла какая-либо отрицательная информация, касающаяся компании или сотрудников. Я понимаю. Тайна следствия. Но тем не менее насколько все серьезно?

— Несколько человек уже погибли. Возможны дополнительные жертвы. Поэтому на судебные решения нет времени!

— Хорошо, мы поможем. Но этого разговора, как и Вас здесь, офицер, никогда не было. Похоже, Вы не специалист в нашей сфере. Поэтому Вы пришли с ним. — И он мотнул головой в сторону Димитрио.

Паула кивнула.

— С нашим брендом сталкивались? Техникой, программным продуктом?

— Да, с продукцией ваших конкурентов и с вашей тоже. Уверенный пользователь плюс пусконаладка. Единственное, ошибку в программном коде не найду.

— Ну и хорошо, мы Вас оформим с испытательным сроком в неделю. Как консультанта, например. И дадим доступ к файлу Жоао и его клиентской базе. У Вас будет время, чтобы получить результат. В свою очередь, прошу гарантировать, что прессе Вы ни слова не скажете.

Паула мрачно кивнула. Димитрио остался в офисе разбираться с наследием Жоао. А она рванула в участок.

Едва она перешагнула порог, ее вызвали к начальнику. Тот мрачно курил, пуская клубы дыма. В воздухе пахло порохом. Казалось, одно неловкое слово — и шефа разорвет на мелкие кусочки. Капельки пота блестели на его багровом мясистом носе, парик сбился на сторону. Вероятно, старик в задумчивости долго чесал свою голову.

— Ну что, Паула Скала, поздравляю! Мы теперь в одной лодке. Или заднице? Выбирай сама термин. Звонил Нунье. Из кабинета начальника полиции Большого Лиссабона. У нас с тобой двадцать четыре часа. Большего я получить не смог. Мне сказали, что всё на контроле у министра юстиции. А журналюги уже разбили лагерь около управления полиции. И не уйдут, пока не будет окончательного заявления. Финала в этом спектакле. И у нас с тобой главные роли.

Поэтому, если ты права и мы докажем твою версию за двадцать четыре часа, мы окажемся молодцы. Если нет — завтра в полдень я официально буду отстранен. Ты тоже. И по нам начнут служебное расследование. А злодеем объявят Игнасио. Вопросы есть?

Он яростно затушил окурок в мраморной пепельнице со львом и внимательно посмотрел на Паулу.

— Вот как-то так. Что-нибудь обнадеживающее скажешь?

— У нас есть время.

— Тогда действуй. По своему усмотрению и за моей широкой спиной. Я тебя еще сутки смогу прикрывать.

Паула мрачно кивнула. И вышла из кабинета. Это уже начинало входить в привычку. На обязательный португальский трёп при встречах и прощаниях не было ни сил, ни желания. Она чувствовала себя роботом-убийцей. Запрограммированным на одну цель.

10

Она только начала просматривать медицинскую карту Сандры от ее лечащего врача, как зазвонил телефон и ей сказали, что Жоао нашли. Точнее, ориентировочное место нахождения размером в квадратный километр. Рядом с «Белаш Клуб и Гольф». В лесном массиве.

— Мне хватит и этого ориентира. Спасибо.

Она повесила трубку, сгребла бумаги в рюкзак, взяла пистолет и в сопровождении оперативной группы рванула в сторону гольф-полей. Когда они уже заехали на территорию поселка, ей позвонил Гонсало:

— Паула, хорошо, что Вы здесь. У нас тут что-то происходит в лесу. Виден столб дыма. Я вызвал пожарных и отправил туда своих людей. Но раз Вы и сами здесь, — значит, происходит что-то еще! Вам дать людей на квадроциклах? Иначе Вы быстро в лес не попадете!

— Спасибо. Принято! Где их найти?

Ожидая только плохого, она рванула в указанное Гонсало место.

Мерзкий, едкий дым сизым туманом полз вниз с вершины холма. Три квадроцикла взлетели по практически отвесной тропе на известную по рассказам Димитрио поляну.

Два человека — видимо, сотрудники Гонсало — уже бегали по ней, кричали, кашляли и своими куртками пытались сбить огонь с дерева и какого-то предмета под ним. Приехавшие достали баллоны с пеной, предусмотрительно привезенные с собой, и пытались локализовать огонь, который уже побежал по соседним кустам и сухой листве. Паула подбежала к эпицентру пожара.

Там стоял знакомый мотоцикл — тот, на котором приезжал Жоао. Рядом лежал шлем с изображением черепа. Из-под слоя пены торчала обгорелая рука.

Паула позвонила в знакомую дверь. Общение с пожарными и криминалистами выжало ее полностью. Потом она еще некоторое время сидела в машине и перечитывала привезенные с собой бумаги. Думала, курила и снова читала.

Ей ничего не хотелось. Ни делать, ни ехать домой. Первый раз в жизни она пожалела, что пошла в полицию. Когда она была в армии, она смотрела на мир через прицел. И ждала команду. Она никогда не задумывалась, что и зачем делают ее цели. Да это и не приветствовалось.

Но теперь главным для нее стали не поступки, а мотивы. Как человек может так легко превратиться в отвратительную, опасную тварь? Как люди так просто убивают или мучают других?

Она позвонила еще раз. Димитрио открыл и, пошутив, что, судя по запаху, она скоро сгорит на работе, пригласил пройти. Паула опустошенно упала на диван.

— У тебя найдется что-нибудь выпить и желательно покрепче?

Димитрио принес бутылку рома, два стакана и пару апельсинов.

Они выпили.

— Я эмоционально уже не справлюсь. Мне уже все равно, что со мной будет завтра, когда выйдет отведенное время. Безразлично, выгонят из полиции или нет. Но не безразлично твое мнение. Ты все еще веришь в меня?

— Девочка моя. То, в эпицентре чего ты оказалась, — тяжелое испытание. Для любого человека. Независимо от подготовки. Даже больше. Местное гольф-поле на девять лунок со всеми этими жертвами — это те самые девять кругов ада по Данте. Но я верю в тебя!

— Сможешь помочь мне самой поверить?

Он кивнул, глядя ей в глаза. Она поставила стакан на журнальный столик, повернулась к нему, толкнула на диван. Он не сопротивлялся. Она, как кошка, скользнула и оказалась сверху. Обняла за шею и слилась с ним в долгом поцелуе.

Эпилог

1

Утро было пасмурным и сырым. Паула припарковалась рядом с уже знакомыми ей туями, служившими забором. Мастиф сеньора Родриго отрывисто лаял на нее, глядя через калитку. Дверь виллы открылась, и сеньор подошел к Пауле.

— Добрый день. Чем обязан?

— Сеньор Родриго, извините, что беспокою без предупреждения. Но у меня очень плохие новости. Мы нашли убийцу Вашей приемной дочери. Это Ваш знакомый молодой человек — Жоао, которому Вы столько помогали. Но теперь и он тоже мертв.

Родриго стоял оцепенев. Потом медленно взял собаку на поводок и отвел в вольер. Так же медленно подошел, открыл калитку и тихим голосом попросил пройти.

— Проходите, офицер. Я хочу знать, что случилось.

Они прошли в уже знакомый кабинет. Утреннее солнце заливало его мягким желтым светом сквозь огромные стеклянные рамы, выходившие в сад. Тени растений разыгрывали какой-то странный спектакль на противоположной стене. Она без приглашения опустилась на диван. Сеньор принес воды и сел напротив.

— Начну с истории Жоао. То, что с его семьей сделал сеньор Альфонсо, отвратительно и подло. Потеря отца страшно ранила мальчика. И когда он рос, а его мать угасала на его глазах на тяжелой работе — это травмировало еще сильнее.

Он хотел бороться. Хотел отомстить. А потом он встретил Вас. Порядочного и доброго человека. Как я понимаю, Вы все сделали, чтобы дать ему образование и перевести его страсть к справедливости в юридическое русло. Но и тут он проиграл. Плюс еще охрана сеньора Альфонсо — оскорбления, унижение и побои. Они окончательно разуверили парня в возможности добиться правды законными способами. Вероятно, он твердо решил, что все вокруг лживые продажные подонки и коррумпированные мерзавцы: и дельцы, и их слуги, и полиция. Знал он и Вашу историю — как Вас подло выбросили из бизнеса, предали партнеры, друзья и приемная дочь. День ото дня в нем зрела и нарастала ненависть. И в один день сломала его.

Он устроился в крупную компанию, работающую в сфере видеонаблюдения и охранной сигнализации. Он знал, что фирма имеет контракт на установку оборудования в «Белаш Клуб и Гольф». И смог получить доступ к системам видеонаблюдения для слежки за своими жертвами. И похоже, получил доступ к препарату, который Вы используете на охоте.

Сеньора Альфонсо он напугал до полусмерти. Хуану испортил любимую машину. Все сошло ему с рук. И он вошел во вкус. Узнал от кого-то, — может, от покойной Марты, — что Хуан собирается жениться на Магдалене. И решил уничтожить врага, убив его любовь. Но не просто убив, а так, чтобы тот мучился, не зная, что с ней.

Потом пришла очередь Вашей приемной дочери, которая отказалась от Вас. И чей муж, по сути, вышвырнул Вас из бизнеса.

Тела Жоао хранил в подвале, где повесился или был повешен его отец. Тоже символично. А выслеживал жертв, используя видеокамеры или фотоловушки в лесу, как делают охотники. Так он выследил и меня, когда я нашла подвал, и чуть не убил. Потом, чтоб отвести подозрение, убил и скомпрометировал моего напарника. Но когда понял, что мы не приняли эту версию и ищем его, убил себя. Очень страшным способом. Он...

Зазвонил ее телефон. Паула посмотрела на контакт и сбросила звонок.

— Ответьте. Это может быть важно. Может, с Вашей работы, — вежливо предложил хозяин дома.

— Нет. Это друг. Перезвоню позже. Так странно... Череда страшных событий подарила мне друга... Но вернусь к теме. Жоао, вероятно понимая, что все нити ведут к нему, совершил самосожжение. Ужасная смерть, но он ее выбрал. Чего я не могу взять в толк — это за что пострадала Марта. На его руках ее смерть или нет. Но это уже не я буду выяснять.

Дело передают в полицию Большого Лиссабона. Я просто хотела, чтобы все это Вы узнали от меня, а не по телевизору от мерзких журналистов, для которых ничего, кроме сенсаций, не существует. Так что соболезную Вам, сеньор Родриго.

— Я обычно с утра не пью. Но, похоже, надо выпить. Бокал вина?

— Можно. От Вас я поеду в полицейский участок, где решат мою судьбу. Так что глоток вина точно не помешает.

2

Сеньор Родриго встал и удалился из кабинета. Паула осталась одна. Глядя внутрь себя, она ощущала полное опустошение. Никаких желаний. Никаких эмоций. Никаких надежд.

Впервые за все время, как она пошла работать в полицию, исчезла уверенность в правильном выборе.

Так много зла! Зла, уходящего корнями в прошлое, но дотягивающегося костлявыми клешнями до живых людей в настоящем. Зла, которое она не смогла остановить, оказавшись, увы, лишь зрителем... Отражения деревьев и их ветвей, уже не казались таинственным театром теней. Они напоминали призрачные костлявые руки, тянущиеся из-под земли в поисках новой жертвы.

Родриго продолжал где-то возиться. Был слышен звук бокалов. Бедный старик! Он потерял жену. Потом дело всей своей жизни. Потом дочь. Старался помогать людям, а теперь выяснилось, что помогал маньяку.

Она осмотрелась. Кабинет был полон чучел животных и фотографий. Тлен и картины прошлого. Как он живет в этом музее смерти и воспоминаний? Паула встала и подошла к камину. На нее снова смотрела молодая красивая женщина с выцветшей фотографии. Призрак молодости и счастья Родриго. Ее взгляд вновь упал на цепочку с распятием, с любовью повешенную на край рамки.

«Распятие жены, — вспомнила она его рассказ. — Редкая ручная работа с брильянтом в виде нимба». У нее защемило сердце. Она с ужасом смотрела на этот предмет. Он в точности совпадал с описанием распятия Сандры, с которым, по словом Хуана, она никогда не расставалась и которое ей досталось от приемной матери. Хуан так точно его описал!

Она сняла его с рамки и только хотела повернуться, как раскаленное жало прожгло ей сзади шею. От неожиданности и боли Паула выпустила цепочку из рук, и та с глухим звуком упала на каменный пол.

Она обернулась. Родриго стоял перед ней и смотрел прямо в глаза. Ее руки рванули к портупее, но ее не было. Она и пистолет остались в машине. Ноги у нее подкосились. В ушах зашумело. Чтобы не рухнуть, она схватилась за камин. Но ноги не слушались, стали ватными, и она с ужасом поняла, что больше их не чувствует. Съехав по камину на пол, она полулежа смотрела снизу вверх на Родриго.

Тот улыбнулся, наклонился, приподнял ее и прислонил к стене.

— Нехорошо брать чужие трофеи, сучка. Это будет тебе уроком. Кстати, познакомься с моим парализатором. Отличная вещь! Нейропаралитическое вещество. Много раз меня выручало на охоте. Пока я не понял, что оно дарит еще одно наслаждение.

Можно подойти к трофею, пока он еще жив, но ничего сделать уже не может. Посмотреть в глаза и отнять жизнь. Многие считали это варварством, но мне нравилось. Кстати, твоя доза смертельна. Сдохнешь где-то через полчаса. А я буду наблюдать, как душа покидает тебя. А потом придумаю, как избавиться от тела.

В отличие от тебя, остальные в местном полицейском управлении слегка туповаты. А в полиции Большого Лиссабона у меня связи. Ты была очень близка к истине, но до конца не дошла. Тоже особо умом не блещешь. Слишком сильно пытаешься найти в людях что-то хорошее. А его в людях нет.

Моя жена была первой, на ком из людей я попробовал свой препарат. Она была бесплодной и совсем рехнулась от приемной девочки. Я для нее вообще перестал существовать. Поэтому теплая ванна и укол решили мою проблему. Вот только дочь все видела. Ох уж эти дети! Хорошо хоть, маленькая — кто ей поверит. Пришлось сдать в дом для душевнобольных и горевать для общественности. Вроде она смирилась и со временем даже поверила, что ей все показалось. Я выдал ее замуж за сына своего партнера. Отдал в хорошие руки, так сказать. И вот эта парочка лишает меня участия в бизнесе! А это мой поселок! Этот жадный дурак Альфонсо даже не поговорил со мной. Увидел цифры, которые ему нарисовал Даниэль, и не смог отказать! А отец молодого наглеца только развел руками: видите ли, ничего личного, бизнес есть бизнес! Давайте останемся друзьями!

Хрен вам всем! Я понял: если меня не будет в проекте — не будет никакого проекта!

Я уничтожу его. Зная все старые истории нашей деревни, я нашел Жоао. Понадобилось время, чтобы сделать из него опасное животное. Тренировка и месть всегда требуют времени. А когда этот старый дурак напустил на Жоао охрану и они сломали его, мне практически больше и натаскивать не пришлось. Он почти с ума сошел, стал одержим идеей мщения. За всех нас. Приходилось иногда его придерживать даже.

Сеньор отхлебнул вина. Откинулся в мягком кресле и улыбнулся чему-то, задумавшись на минуту.

— Да, мы видели всё и всех. Следили за Альфонсо, за Хуаном, за Даниэлем! Я хотел, чтобы они все мучились и чтобы их проект умер. Подумайте только! Столько смертей! Жители пропадают и дохнут один за другим. Это ж фабрика трупов, а не поселок. Кто в таком месте купит недвижимость?

И вот первой стала Магдалена: она была нужна, чтобы уничтожить Хуана. А заодно наказать и эту вертихвостку, которая меня бросила. Сука еще та была! Потом моя приемная дочь Сандра, мразь, и жена Даниэля. Я смотрел им обеим в глаза, пока они не прекращали дышать. Глаза, полные ужаса! Но моя боль проходила. Мне становилось легче.

Кстати, да, это распятие моей жены. И оно было на Сандре. А вон за той картиной — крыло ангела. Подвеска Магдалены. Про Марту ты ничего не поняла. Именно ты виновата в ее смерти! В один из дней она посоветовала мне лучше выбирать любовниц и друзей! Намекнула, что все рассказывает полиции. Ужасная болтливая бабка. Проклятая старая перечница! Мы просто живем здесь, а она собирала на каждого досье в своей древней башке. Ну ладно бы собирала. Так ведь языком молола налево и направо.

А сама все время с людьми. На виду. Пришлось ловить удобный момент. И вот как-то я застал ее одну. Ну и проломил ее дурной чердак со старыми тайнами. Кстати, это был интересный опыт. Мне понравилось.

Он улыбнулся и отпил из бокала. Посмотрел на часы.

— Ну у нас есть еще время поговорить. Голова собаки — для труса. Испорченный дорогой автомобиль — для самовлюбленной жадины. Это было просто баловство, мы развлекались. Жизнь в ожидании смерти хуже самой смерти, так сказать. А потом вы, ребята, взялись за дело всерьез и запланировали тщательный поиск по всему лесному массиву. А ты, куколка, нашла берлогу Жоао. Молодой дурак запаниковал. И совершил ошибку. Постарался перенести подозрение на своего приятеля полицейского, но балбес импровизировал — и вышло не сильно убедительно.

Да уж, не блистал мальчишка умом. Пришлось назначить ему встречу, чтобы якобы помочь, — позвать в его любимый лес. А там продемонстрировать уже на его шкуре, как работает мое зелье. Да и сжечь заживо.

Видела бы ты его глаза! Ха-ха!

Он-то думал, я его друг, самый близкий человек, почти отец родной...

Паула смотрела на седого сеньора в дорогом костюме. Который, с удовольствием прихлебывая вино, рассказывал ей, умирающей, как убивал людей. Она уже не чувствовала все тело. Взгляд терял резкость. Отказывал слух. Голос убийцы звучал как из бочки. Нить разговора терялась. Вместо слов злодея ей слышался голос отца. Он звал ее куда-то. Потом — голос сестры. Солнечный свет из окна вошел в нее, залил все вокруг. Качающиеся силуэты стволов и ветвей подхватили и потащили куда-то. Ее уносило все дальше и дальше от этого дьявола, из страшной комнаты, из этого мира...

На улице грохнуло. Сеньор Родриго вскочил. Его стеклянная стена взорвалась и с оглушительным грохотом рухнула, влетев в комнату тысячами осколков, сметая на своем пути стулья, лампы, вазы и самого Родриго. А в возникший проем ворвался бампер автомобиля Димитрио. А за ним и капот. И половина машины.

Димитрио выскочил из нее, перепрыгнул через диван и монтировкой несколько раз по голове ударил хозяина дома. Потом бросился к Пауле, схватил ее, стал трясти, что-то крича и глядя в пустеющие глаза. Она с недоумением смотрела на него. А потом свет для нее погас.

3

Больничная палата была большой и чистой. Какие-то приборы жужжали рядом с кроватью. Паула обвела взглядом комнату и увидела шефа, сидящего в кресле.

Он внимательно смотрел на нее. Сеньор Альваро достал из кармана сигареты, потом, вспомнив, что здесь точно курить запрещено, с досады крякнул и сказал:

— Привет! С возвращением. Рад, что ты с нами. Ну и маньяка поймала! Я только в кино таких видел. Кстати, тебя представили к награде. Нунье подсуетился. Так как всех собак на нас повесить не удалось, из нас с тобой сделали героев, которые расследовали дело под его неустанным контролем. Игнасио оправдан и посмертно будет награжден. Маньяк в тюрьме и дает показания. Весь его дом — сплошное хранилище улик.

Криминалисты сейчас разбираются, но, похоже, мы нашли ключи к еще нескольким нераскрытым в последние десять лет странным смертям. Хорошо, что твой приятель оказался специалистом в технике. И не поленился взять работу на дом.

Пока ты соболезновала маньяку, он изучал статистику просмотров Жоао и выяснил, что, кроме Альфонсо, Хуана и Даниэля, тот регулярно присматривал еще и за Родриго. Зашел в просмотры последнего. Это оказались даты преступлений. В архиве Жоао были нарезаны ролики, как после преступлений Родриго приходит домой и прячет трофеи.

Похоже, Жоао не доверял ему и копил компромат. Вот только воспользоваться не сумел. Димитрио знал, что ты у Родриго. Постарался предупредить. А ты трубку не берешь. Тогда он подключается к его домашним камерам. А ты уже на полу. Дальше он не ждет. Быстро принимает решение. Вызывает полицию. Требует срочно выслать реанимацию. Летит от своей квартиры до виллы — благо недалеко. Таранит забор с домом. Из какого говна они здесь строят? Вырубает гада и пытается поддержать в тебе жизнь до приезда докторов.

— Где он?

— Хороший вопрос. Мне тоже интересно. И не только мне. Возможно, он не Димитрио вовсе. Им очень интересуется наша военная разведка. И он куда-то пропал. Его никто не может найти. Когда реанимация подтвердила, что ты будешь жить, он дал показания и исчез. Ты, случайно, не знаешь, где он?

Она грустно покачала головой. Единственный мужчина в ее жизни, принимавший ее такой, как она есть. И спасавший ее. Дважды.

С которым бы она хотела остаться. Просто быть с ним. Ощущать его сильное тело. Его запах. И этот мужчина пропал.

4

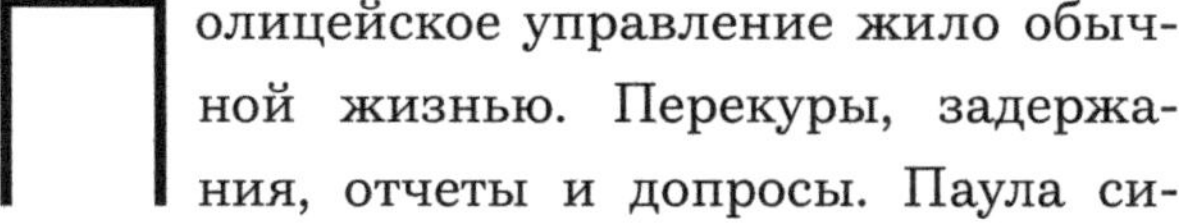

Полицейское управление жило обычной жизнью. Перекуры, задержания, отчеты и допросы. Паула сидела в своем кабинете рядом с кабинетом шефа. Теперь, когда ее назначили заместителем начальника, у нее стало больше свободного времени и больше зарплата. Но она скучала по временам, когда работала на улице с напарником и каждый день помогала простым людям в их непростых жизнях.

Портрет Игнасио стоял на столе. Он улыбался ей со снимка. Она улыбнулась в ответ и прикурила сигарету. Подошла к окну. Присела на подоконник.

Лето было в разгаре. Зной легкой дымкой поднимался над домами. Машины и разноцветный народ спешили по делам. Город жил своей обычной жизнью, сплетенной из встреч и расставаний, любви и ненависти, череды рождений и смертей.

Телефон булькнул. Пришло письмо. Затянувшись, она открыла личную почту.

«Привет. Поздравляю с назначением. Ты его заслужила. Как насчет съездить в отпуск? Я знаю прекрасное место в Южной Америке. Кстати, опубликовал книгу и теперь могу пригласить молодую и очарövательную женщину составить мне компанию и вместе это событие отпраздновать. Не поверишь — это детектив. События разворачиваются на гольф-полях. Красную дорожку и прессу не обещаю, но как не отблагодарить прообраз героини? Напиши подходящие даты, и я возьму тебе билет. Кстати, меня зовут Андрей. Приятно познакомиться. Жду тебя и ответ».

Она закрыла сообщение, затянулась и затушила сигарету. Стояла и с улыбкой смотрела в вечное португальское небо. Небо, подарившее ей веру в себя и в людей. И надежду на справедливость.

И любовь.

Оглавление